Enid Blyton

TINA UND TINI

entlarven die Tigerbande

Schneider-Buch

Inhalt

Eine Giraffe mit Stimmbruch 7

Frank ist verzweifelt 16

Das darf doch nicht wahr sein! 25

Die Polizei ist ratlos 35

Der freundliche Herr Ignaz 45

Vier Detektive zerbrechen sich den Kopf 60

Was bedeutet das Tigerauge? 66

Die Jungen vom Geheimbund 75

Wachtmeister Pelle ist sauer 84

Abenteuerliche Entdeckungen 93

Die Verfolgungsjagd 101

Ein Klub wird gegründet 115

Eine Giraffe mit Stimmbruch

„Frechheit! Nicht die kleinste Spur von Oliver! Und er hat uns doch fest versprochen, auf dem Bahnsteig auf uns zu warten!"

Tina lehnte sich aus dem Zugfenster und blickte ärgerlich über die Köpfe der Wartenden hinweg.

„Na komm, steigen wir erst mal aus. Der Zug bleibt nicht ewig hier stehen", mahnte Tini ihre Freundin.

Tobbi war bereits mit dem Gepäck durch den Gang nach vorne gelaufen und wuchtete die Koffer der Mädchen die Stufen zum Bahnsteig hinunter.

„Wie wär's, wenn mir mal einer helfen würde", maulte er, als die Köpfe der beiden Mädchen über ihm auftauchten. „Ich bin doch nicht euer Kuli."

„Euer Kusin scheint das Datum verwechselt zu haben, ich

kann ihn nirgends entdecken", lenkte Tini ab. „Was machen wir, wenn er nicht kommt?"

„Nur keine Panik! In dem Gewühl hier kann man ja niemanden finden. Warten wir erst mal ab, bis die Leute sich verlaufen haben."

„Oliver hat gesagt, wir sollten am Hauptausgang warten, falls wir uns verpassen. Aber welcher von beiden ist nun der Hauptausgang?" Tina sah ratlos von einer Seite zur anderen.

„Ich frage mal."

Tini ging auf einen ellenlangen Jüngling zu, der ihnen den Rücken zudrehte und suchend in die andere Richtung schaute. Mit dem Zeigefinger tippte sie an seine Schulter.

„Entschuldigen Sie bitte – welches ist hier der Hauptausgang?"

Der Jüngling drehte sich um und sah mit kugelrunden Augen auf Tini hinunter.

„Da seid" rief er in tiefstem Baß, „ihr ja!" fuhr er mit einem hörbaren Kickser in der Stimme im Koloratursopran fort. „Ich habe euch nicht gesehen!" Wieder folgte ein Kickser und die Stimme sank in den Keller.

„Oliver!!!" Tina, Tini und Tobbi riefen es wie aus einem Munde, dann starrten sie den Jungen fassungslos an.

„Was ist los? Erkennt ihr mich nicht wieder?"

„Schon", sagte Tobbi zögernd, „ich erwartete nur nicht, dich als Giraffe wiederzusehen. Menschenskind, du mußt doch mindestens einen halben Meter gewachsen sein, seit wir das letzte Mal zusammen waren. Und ich als der Ältere habe nur die Größe eines Känguruhs."

„Jetzt übertreibst du." Oliver lächelte verschämt. „Aber es ist wahr, in der Schule nennen sie mich auch seit einiger Zeit ‚Giraffe'." Wieder übersprang er zweimal im Satz mühelos drei Oktaven. „Entschuldigt bitte, meine Stimme macht mir neuerdings etwas Schwierigkeiten." Oliver hüstelte und räusperte sich heftig. „Schön, daß ihr da seid, Kinder! Herzlich willkommen in unserer kleinen, aber desto berühmteren Stadt!“

Tina fiel ihrem Kusin übermütig um den Hals.

„Entschuldige, daß wir erst so sprachlos waren! Wir sind auf eine solche Überraschung einfach nicht gefaßt gewesen! Auch wenn Großmutter mal erwähnte, du seist sehr gewachsen. Aber wer achtet schon auf solche Redensarten, Mutti sagt das von uns ja auch ständig. Aber dir gegenüber sind wir ja Zwerge. Dabei sind wir ja auch schon dreizehn wie du“, sprudelte sie heraus. „Wir freuen uns so, daß du uns eingeladen hast! Und gleich alle drei – mit meiner Freundin Tini! Eine größere Freude hättest du uns gar nicht machen können. Wir werden herrliche Ferien verleben!“

„Hm, war gar nicht so leicht, meinen Alten dazu zu überreden!“ berichtete Oliver stolz. „Ich mußte gewaltig an sein schlechtes Gewissen appellieren – daß er mich wegen seiner Studienreisen so oft allein läßt und immer wieder bei Verwandten unterbringt. Das hat ihn schließlich überzeugt. Und als Großmutter ihn dann noch beruhigt hat, Mädchen machten überhaupt keinen Lärm, sondern würden fleißig im Haushalt helfen ...“

„Schreck, laß nach! Und das glaubt er?“ fragte Tina entsetzt.

„Keine Sorge! Für den Haushalt ist Gustchen verantwortlich. Sie ist seit Mutters Tod bei uns und liebt es überhaupt nicht, wenn man sich in ihre Arbeit einmischt. Und was meinen Vater betrifft – der ist zufrieden, wenn man ihn in Ruhe arbeiten läßt und möglichst selten stört. Und das haben wir ja auch nicht vor, oder?“

„Im Gegenteil!“ pflichtete Tobbi ihm bei. „Wir wollen doch nicht die ganzen zwei Wochen zu Hause hocken, sondern möglichst viel von eurer Stadt und der Umgebung sehen ...“

„... und möglichst viel erleben“, fügte Tini hinzu.

„Am liebsten ein neues Abenteuer“, sagte Tina schmunzelnd.

„Hm – nach Abenteuern riecht es in unserer verschlafenen kleinen Stadt nicht gerade“, meinte Oliver.

Sie hatten den Bahnhof durchquert und gingen über den Vorplatz zur Bushaltestelle hinüber. Tina, Tini und Tobbi schauten sich neugierig um. Wie hübsch und gepflegt alles aussah! Große Kübel mit Frühlingsblumen schmückten den Eingang, Tulpen, Stiefmütterchen und Narzissen wetteiferten um die leuchtendste Farbe. An den Bäumen zeigte sich zartes Grün. Auf den Bänken saßen alte Leute und genossen die ersten kräftigen Sonnenstrahlen.

„Ihr seid doch hoffentlich nicht müde?“ erkundigte sich Oliver.

„O nein, wir haben herrlich geschlafen. Wir hatten Liegewagenplätze, weißt du?“ sagte Tina schnell. „Aber einen Bärenhunger haben wir!“

„Das wird Gustchen freuen. Ihr könnt ihr keinen größeren Gefallen tun, als tüchtig zu essen! Da kommt unser Bus!“

Sie brauchten nicht lange zu fahren. Der Bus quälte sich durch enge Altstadtstraßen, dann ging es den Berg hinauf in ein Stadtviertel mit herrlichen alten Bäumen und verwinkelten, mit Erkern und Türmchen verzierten Villen, von denen einige wie kleine Schlösser aussahen. Bald lagen die Dächer der Altstadt unter ihnen.

„Weiter oben ist das Schloß, ich zeige es euch heute nachmittag“, sagte Oliver. „Kommt, hier müssen wir aussteigen.“

Oliver ging den anderen voraus und bog in eine schmale Seitenstraße ein. Dann lief er durch ein hohes, efeubewachsenes Tor ein paar Stufen zu einem verwitterten roten Backsteinhaus empor. Er drückte zweimal kurz die Klingel, einen grimmig aussehenden Löwenkopf mit einem Ring im Maul, und winkte den anderen, ihm zu folgen.

„Wie romantisch!“ flüsterte Tina unwillkürlich, als sie den

dunklen Flur mit kleinen Butzenfenstern betraten, von dem aus eine breite Treppe nach oben führte. Durch die bunten Glasscheiben fiel nur gedämpftes Licht. Ein wahres Monstrum von einer Standuhr verkündete mit schauerlich hohl klingenden Schlägen, daß es zehn Uhr sei.

„Hier drüben geht es zu den Zimmern meines Vaters", erklärte Oliver. „Dort hat er seine Bibliothek, sein privates Labor und sein Arbeitszimmer, in dem es so was wie eine Schiffskoje gibt, in der er schläft wie ein Bär in seiner Höhle. Dahinter liegt sein Badezimmer, das zugleich Aufenthaltsraum für all die Frösche und Molche ist, die er im Labor nicht mehr unterbringen kann. Ja, Wissenschaftler haben so ihre Eigenarten."

„Müssen wir das auch benutzen?" erkundigte sich Tina vorsichtig.

„Das Badezimmer?" Oliver lachte. „Nein, keine Angst. Die übrigen Räume sind im ersten Stock: Küche, Wohnzimmer, Bad, mein Zimmer und das für Gäste. Gustchen hat eine kleine Extra-Wohnung im zweiten Stock, dort, wo auch unser Obermieter wohnt."

„Euer Obermieter?"

„Ja, Wachtmeister Pelle, ein netter Kerl – er ist Junggeselle und ein wahrer Sportfanatiker. Allerdings nur vor dem Fernsehschirm – etwas anderes erlaubt ihm sein Bäuchlein nicht. Denn außer Sport liebt er Streuselkuchen und Sahnebonbons über alles."

„Das kann ich ihm nachfühlen", meinte Tini.

Sie waren die Treppe hinaufgestiegen und Oliver öffnete eine der Türen.

„Hier – das ist das Zimmer der Mädchen. War früher mal das Schlafzimmer meiner Eltern, daher die riesigen Betten aus Urgroßmutters Zeiten."

„Toll!"

Tina und Tini drängten zugleich durch die Tür in das geräumige Zimmer mit den hohen Fenstern und dem knarrenden Parkettboden.

„He, hier kann man ja Schlittschuh laufen, so glatt ist es! Und die großen Spiegel im Kleiderschrank! Hoffentlich ertrinken wir nicht in den Betten!" Tina warf sich kichernd zwischen den Kissenberg.

„Laßt eure Koffer hier und kommt weiter – ich zeige euch erst alles, dann könnt ihr auspacken."

„Nicht erst frühstücken?"

„Klar doch. Also – da drüben ist das Bad. Und gleich daneben mein Zimmer. Dahinter ist Tobbis Reich."

Oliver öffnete die Tür zu einem kleinen Stübchen, das kaum Platz für ein Bett und einen Schrank bot, aber einen runden Erker besaß, von dem aus man über die Altstadt sehen konnte.

„Mann, ist das toll! Kann ich das Zimmer nicht mit nach Hause nehmen?"

„Komm weiter!"

Oliver drängte Tobbi zur Tür und führte seine Gäste in ein weiteres Zimmer, das als Wohnzimmer diente, aber von Olivers Vater selten betreten wurde – wie man auf den ersten Blick sah. Denn Oliver hatte das Zimmer ganz nach seinem Geschmack gestaltet. An den Wänden hingen Poster und alle möglichen „Trophäen" aus Tobbis Kindertagen, der Fußboden war mit Schallplatten und Abenteuerbüchern bedeckt, den Gummibaum in der Ecke zierte eine Pappnase und an der Stehlampe schaukelte eine ausgestopfte Fledermaus.

„Jetzt noch die Küche", verkündete Oliver mit zwei extraheftigen Kicksern bei den Worten „jetzt" und „Küche". „Gustchen scheint einkaufen gegangen zu sein, sonst hätte sie euch schon längst begrüßt."

Olivers Vermutung wurde durch einen Zettel bestätigt, der auf dem liebevoll gedeckten Frühstückstisch lag. Gustchen war

„Na, dann Prost! Auf die tollsten Osterferien, die es je gab!"

einkaufen gegangen, aber vorher hatte sie für die Gäste aufgebaut, was immer man sich nach einer langen Bahnfahrt wünschen konnte: frische Brötchen, Rosinenbrot, Butter und Marmelade, Schinken und Wurst, Käse, gekochte Eier und Tomaten. Und unter einer voluminösen Kaffeemütze, die über und über mit gehäkelten Röschen verziert war, wartete eine große Kanne Kakao.

„Na, dann Prost! Auf die tollsten Osterferien, die es je gab!" sagte Oliver feierlich und schwenkte seine Tasse, daß der Kakao über seine Hand schwappte.

„Prost! Auf die Ferien!"

„Daß sie nie zu Ende gehen mögen!"

Tina und Tini hoben ebenfalls ihre Tassen und stießen mit Oliver an. In dem Augenblick wurde die Tür aufgestoßen und hinter einem Berg von Tüten und Netzen erschien das fröhlich-runde Gesicht von Gustchen, der Haushälterin.

„Wie schön!" rief sie aus und sah von einem zum anderen,

als betrachte sie ein kostbares Bild in einer Ausstellung.

„Was ist schön?“ fragte Oliver, verblüfft über den verzückten Ausdruck in Gustchens Gesicht.

„Na, ich hab mir doch den ganzen Weg über Sorgen gemacht“, sagte die mollige kleine Person und setzte ächzend ihre Last ab, „daß deine Gäste vielleicht keinen Kakao mögen. Hätt ich doch lieber noch eine Kanne Tee aufgebrüht, hab ich mir gesagt, und Saft hingestellt! Sicher mögen sie keinen Kakao und zwingen ihn sich rein aus lauter Höflichkeit. Und trauen sich nichts zu sagen. Und ich – ahnungslos – koch ihnen immer wieder Kakao und ...“

„Gustchen, du bist unbezahlbar!“ Oliver sprang auf und wirbelte die kleine alte Dame einmal herum. „Aber du siehst, alles ist in bester Ordnung. Darf ich dir jetzt meine Kusine und ihren Bruder vorstellen? Das ist Tina, Tobbi – und Tinas beste Freundin Tini!“

Gustchen schüttelte allen strahlend die Hände.

„Wurde auch Zeit, daß ihr einmal herkommt! Viel zu still ist es hier, viel zu still! sage ich immer. Wozu bin ich überhaupt da, wenn der Herr Professor dauernd auf Reisen ist – und Oliver bei den Großeltern oder was weiß ich für Onkels und Tanten.“

„Setz dich zu uns, Gustchen“, unterbrach Oliver ihren Redefluß. „Trink Kakao mit uns, du bist ja noch ganz außer Atem.“

„Ihr Kakao schmeckt himmlisch! Viel besser als bei meiner Mutter“, schwärmte Tini.

„Ja wirklich, köstlich!“ fügte Tina schnell hinzu.

Gustchen strahlte, ihre Apfelbäckchen glühten vor Stolz.

„Ich koch so gerne“, sagte sie. „Könnt ihr euch vorstellen, wie mir zumute ist, wenn ich wochenlang allein hier sitzen muß? Ein Glück, daß wenigstens noch Wachtmeister Pelle da ist, sonst würde ich ganz trübsinnig werden. Aber nun eßt,

Kinder, eßt tüchtig! Bis zum Mittagessen sind es noch zwei Stunden Zeit."

„Du lieber Himmel", stöhnte Tobbi, „wie sollen wir nach dem Frühstück Hunger fürs Mittagessen bekommen! Mein Bauch fühlt sich jetzt schon an, als hätte ich einen Fußball verschluckt! Wenn das so weitergeht, werde ich am Ende der Ferien zwei Zentner wiegen. He!" unterbrach er sich und schaute Oliver von der Seite an. „Ich glaube, ich weiß, warum du so schnell gewachsen bist! Gustchens Kraftfutter, wie?"

„Klar, was dachtest du denn! Du mußt erst mal ihre Kuchen probiert haben – vorher kannst du gar nicht mitreden! Wo ist eigentlich Vater? Arbeitet er?" fragte Oliver zur Haushälterin gewandt.

„Er mußte ins Institut, ich soll euch schön grüßen. Zum Mittagessen wird er wieder zu Hause sein."

„Na prima, setzen wir also die Burgbesichtigung fort. Wenn ihr fertig seid, gehen wir in den Keller. Da habe ich nämlich noch eine besondere Überraschung für euch."

„Eine Überraschung? Was denn?" fragte Tina.

Gustchen lachte. „Oliver meint sein neues Fahrrad. Er hat es gerade zum Geburtstag bekommen. Ein Wunder, daß er es abends nicht mit ins Bett nimmt, so sehr liebt er es!"

„Was heißt hier Fahrrad?" sagte Oliver mit einem empörten Kickser in der Stimme. „Ein Super-Rennrad, sage ich euch, mit zehn Gängen, Schnellspannaben, Rennsattel, nicht rostenden Schutzblechen, verchromtem Rennlenker . . ."

„Und echt goldener Dreiklanghupe, stimmt's?" vollendete Tina Olivers Lobeshymne. „Na, wir werden das Wunder der Technik gleich gebührend bewundern. Aber erst brauche ich zur Stärkung noch eine Tasse von diesem himmlischen Kakao."

Frank ist verzweifelt

Olivers Rennrad war wirklich eine Wucht, wie Tina und Tini einstimmig feststellten. Stolz trat Oliver aus dem Dunkel der Garage, mit der rechten Hand führte er lässig sein blitzendes Stahlroß neben sich her, als sei es ein Vollbluthengst, der bereits sämtliche Siege im Preis der Nationen eingeheimst hatte.

„Da könnte ich ja vor Neid zur Zitrone werden", seufzte Tobbi und prüfte fachmännisch Lenker und Sattel. „Ich kann verstehen, wenn du deinen Super-Renner von niemand anderem besteigen läßt . . ." Er sah Oliver lauernd von der Seite an.

„Na ja . . ." Auf Olivers Stirn bildete sich eine steile Falte. Man sah ihm an, daß er schwer mit sich kämpfte.

„Eine kleine Proberunde kannst du ja mal fahren – aber sei vorsichtig!"

„Klar doch."

„Und wir?" fragte Tina.

„Okay – eine Proberunde für jeden", sagte Oliver gönnerhaft. „Ich bin ja kein Unmensch."

Tobbi schob das Rad auf die Straße und bestieg es andächtig. Dann trat er vorsichtig in die Pedale. Der Super-Renner schoß vorwärts, als hätte er Raketenantrieb. Oliver grinste stolz. Tobbi fuhr bis zum Ende der Straße, wendete und kam mit einem Gesichtsausdruck zurück, als hätte er gerade das Sechstagerennen gewonnen.

„Einsame Spitze. Ab sofort fange ich an zu sparen. So was muß ich mir unbedingt auch zulegen!"

Als nächste kam Tini an die Reihe. Die anderen sahen ihr

nach, als sie die Straße hinaufflog, ihre blonden langen Haare flatterten wie ein Wimpel im Fahrtwind.

„Bergab mache ich mit dem glatt hundert Sachen", erklärte Oliver mit einem erregten Kickser in der Stimme. „Ehrlich!"

„Wir müssen unbedingt ein paar schöne Radtouren machen", schlug Tobbi vor. „Die Schwierigkeit ist nur: Wo bekommen wir Räder für die Mädchen und mich her?"

„Vielleicht können wir uns welche ausleihen?" Tina lief Tini entgegen und nahm ihr das Wunderrad ab. „Sicher hat Oliver ein paar Freunde, die er fragen kann. Na – wie war's?"

„Wie Himbeereis mit Schlagsahne – einfach traumhaft", schwärmte Tini. „Ich verstehe gar nicht, daß es noch Jungen gibt, die hinter einem Moped her sind. So ein Rad zu fahren macht doch viel mehr Spaß!"

„Gib her!"

Tina startete zu ihrer Proberunde und flitzte die Straße hinauf.

„Wir können Frank fragen", sagte Oliver.

„Wer ist Frank?" fragte Tini neugierig.

„Mein bester Freund. Wir überlegen gerade, wo wir für euch drei Räder herbekommen können, um ein paar schöne Radtouren zu machen. Frank hat mehrere Geschwister, und es gibt mindestens fünf Fahrräder in der Familie. Vielleicht können sie uns aushelfen."

„Hat er auch so ein tolles Rad wie du?" erkundigte sich Tobbi.

„Im Gegenteil. Er hat einen ziemlich alten Schinken. Aber tadellos in Schuß. Wißt ihr, Frank ist so ein Fummel-Typ, in jeder freien Minute bastelt er an seinem Rad herum und läßt sich ständig was Neues einfallen. Einen extra weichen Spezialsitz, eine raffinierte Lackierung für die Schutzbleche, einen blendfreien Rückspiegel – neulich kam er sogar an und behauptete, er hätte eine Heizung für die Griffe erfunden, damit man im Winter beim Fahren keine Handschuhe braucht. Er besitzt das irrste Fahrrad der ganzen Stadt."

„Nichts wie hin!" rief Tina, die den Rest des Satzes gerade noch mitbekommen hatte. „Ein noch irreres Rad als dieses muß ich sofort sehen! Ist es weit von hier?"

„Nur zwei Straßen weiter. Vor dem Mittagessen haben wir gerade noch Zeit."

Oliver verschloß sein Super-Rennrad sorgfältig in der Garage, dann machten sie sich auf den Weg. Vor einem dicht mit Efeu bewachsenen Haus machte Oliver halt. Durch das offene Küchenfenster drang gellendes Schimpfen und Schreien, eine Jungenstimme, die Olivers mit ihren Kicksern und Sprüngen nicht unähnlich war, fluchte gegen zwei zeternde Mädchen an.

Dann wurde eine Tür krachend zugeschlagen. Wenig

„Frank, was ist denn los mit dir! Du machst ein Gesicht wie ein angeschossenes Nashorn!"

später erschien ein kräftiger blonder Junge mit vor Zorn gerötetem Gesicht in der Haustür.

„Frank! Was ist denn mit dir los! Du machst ein Gesicht wie ein angeschossenes Nashorn“, sagte Oliver kopfschüttelnd und hielt den Freund auf, der ohne nach rechts oder nach links zu schauen an ihm vorbeistürzen wollte.

„Laß mich los, ich explodiere gleich!“ knurrte der Junge.

„Mir scheint, das hast du schon zur Genüge getan. Was um Himmels willen ist passiert?“

„Diese blöden Hennen, die! Zimtziegen, alle beide! An die Wand klatschen könnte ich sie!“ fauchte Frank und schnappte nach Luft.

Tina und Tini traten interessiert näher.

„Ach, wirklich?“ fragte Tina. „Ich nehme an, du redest von deinen Schwestern? Haben sie dir dein kostbares Rad kaputtgemacht, daß du so wütend bist?“

„Pah! Kaputtgemacht! Wenn's nur das wäre! Sie haben sichs klauen lassen! Das muß man sich bloß mal vorstellen!“ stöhnte Frank auf. „Nicht nur, daß sie es einfach genommen haben, um damit zum Hallenbad zu fahren, weil Inas Vorderreifen keine Luft hatte, und sie zu faul war, ihn aufzupumpen! Nein, lassen es sich klauen! Die Arbeit von drei Jahren! All meine Ersparnisse – futsch! Weg! Geplatzt wie eine Seifenblase!“

„Hatten sie's denn nicht abgeschlossen?“ erkundigte sich Tini.

„Klar hatte ich es abgeschlossen!“ kam eine Stimme von oben. Im Fenster tauchte der blonde Wuschelkopf eines etwa zehnjährigen Mädchens auf. „Ich hab es sogar an eine besonders unauffällige Stelle gelehnt – in die dunkelste Ecke des Fahrradkellers, damit man es nicht sieht!“

„Damit der Dieb nicht gesehen wird! Ja! Großartig hast du das gemacht! Wirklich intelligent!“ schnauzte Frank.

„Ich wollte es schließlich nur gut machen“, die Kleine war

den Tränen nahe. „Du tust gerade, als hätte ich mir das Rad mit Absicht stehlen lassen! Dabei habe ich dir schon zehnmal gesagt, wie leid es mir tut! Und daß ich dir alles Geld aus meiner Sparbüchse . . ."

„Was soll ich mit den paar Kröten!" unterbrach sie der Bruder barsch. „Ich will mein Rad wiederhaben!"

„Nun halt mal die Luft an!" beruhigte Oliver seinen zornigen Freund. „Davon, daß du hier rumbrüllst, kommt dein Rad bestimmt nicht zurück. Laß uns vernünftig überlegen, was wir tun können, um dein Rad wiederzufinden. Vielleicht hat sich jemand nur einen Scherz erlaubt und hat es versteckt? Jemand, der dich und dein Rad kennt?"

„Habt ihr denn im Fahrradkeller alles genau durchsucht?" fragte Tina das Mädchen im Fenster.

„Ja, schon . . .", sagte sie zögernd. „Allerdings, wenn's jemand versteckt hat – ich meine, so genau haben wir natürlich nicht gesucht."

„Und mit wem habt ihr darüber gesprochen?"

„Wir haben es dem Hauswart gemeldet. Der hat uns ins Büro geschickt. Aber da war keiner. Und die Kassiererin hatte so viel zu tun. Da sind wir erst mal nach Hause gefahren, um Frank Bescheid zu sagen und ihn zu fragen, ob er mit uns zur Polizei geht. Weil er doch sein Rad viel besser beschreiben kann."

„Hm. Mir scheint, wir sollten zunächst doch noch einmal gründlich suchen, was meint ihr?" Tini sah fragend von einem zum anderen.

„Auf jeden Fall. Wenn wir uns beeilen, schaffen wir es noch vor dem Mittagessen. Kommt!"

„Sollten die Mädchen nicht mitgehen und uns zeigen, wo sie dein Fahrrad abgestellt hatten?" meinte Tobbi.

„Richtig. Ina! Marlene! Kommt runter!" rief Frank streng. „Ihr müßt mitgehen!"

Gehorsam erschienen die beiden und begrüßten Tina, Tini und Tobbi.

„Tut mir leid, daß ihr gleich zur Begrüßung so einen blöden Eindruck von uns bekommt", sagte Marlene, die ältere von beiden.

„Aber das macht doch nichts!" Tina legte ihr freundschaftlich den Arm um die Schulter. „So was hätte mir genauso passieren können. Ich hab mir auch schon manchmal das Rad meines Bruders ausgeliehen, ohne ihn vorher zu fragen – weil er grade nicht in der Nähe war. Zum Glück ist es mir nicht geklaut worden. Aber sehen wir erst mal nach – vielleicht ist es in einer Stunde wieder da und die ganze Aufregung war überflüssig!"

Die kleine Gruppe setzte sich in Bewegung und bald waren sie an der großen Schwimmhalle in den städtischen Sportanlagen angekommen. Ein asphaltierter Weg führte zwischen Blumen und Büschen vom Eingang aus direkt in die Kellerräume, wo sich auch der Fahrrad-Abstellplatz befand.

Auf dem Weg hatte Frank Tina, Tini und Tobbi sein Rad in allen Einzelheiten beschrieben, damit sie wußten, wonach sie suchen sollten.

Marlene und Ina liefen voraus und durchquerten den Raum, in dem Dutzende von Fahrrädern jeder Größe und Farbe nebeneinanderstanden.

„Dahinten!" rief Marlene. „Dort im letzten Ständer hat es gestanden!"

Frank sah mit schmerzlich verzogenem Gesicht auf die leere Stelle. Dann richtete er sich auf.

„Gehen wir systematisch vor", sagte er. „Ich habe euch gesagt, worauf ihr achten müßt: lybellengrüner Metallic-Lack, der Sattel mit schwarzem Lammfell gepolstert, zweifarbige Reifen, und so weiter. Ihr fangt drüben an, ich hier."

Ein Fahrrad nach dem anderen wurde prüfend betrachtet,

aber allzubald war es klar, daß Franks Rad nicht darunter war.

„Hab ich dir ja gleich gesagt", maulte Ina. „Wir haben uns vorhin schon alle genau angesehen!"

„Wenn dir jemand einen Streich spielen wollte, muß er es ja nicht unbedingt hier im Raum versteckt haben", meinte Tobbi. „Was gibt es denn sonst noch für Räume im Keller?"

„Die Heizungsanlage ist gleich nebenan, dann die Wasser-Umwälzanlage, ihr wißt schon, wo das Wasser aus dem Schwimmbecken gereinigt wird und wieder zurückfließt. Aber beide Räume sind ständig abgeschlossen, nur der Hauswart kann hinein. Außerdem gibt es noch eine Reihe Lagerräume, in denen Sportgeräte, Bänke und Tische aufbewahrt werden – und die Dekorationen für Feste, Fahnen, Girlanden und so 'n Zeug."

„Schauen wir doch mal, ob einer der anderen Räume offensteht", schlug Tina vor. „Vielleicht hat ein Witzbold dein Fahrrad unter Girlanden und Fahnen versteckt."

Aber auch diese Hoffnung trog. Sämtliche Kellerräume waren verschlossen, und in keinem Winkel, weder unter der Treppe noch in der Besenkammer, war Franks Rad zu finden.

„Bleibt nur noch das Gelände draußen. Sehen wir mal unter den Büschen nach", meinte Tini.

„Weit kann derjenige das Rad ja nicht geschleppt haben, es wäre sicher aufgefallen", versuchte Tina den immer mutloser werdenden Frank zu trösten. „Sicher liegt es draußen zwischen den Kiefern und Forsythienbüschen gleich neben der Einfahrt."

„Wetten, daß nicht?" brummte Frank. „Na ja, jedenfalls nett von euch, daß ihr mir alle helft."

Leider behielt Frank recht. Das Rad blieb unauffindbar, so gründlich sie auch das Gelände absuchten.

Frank, Oliver und Tobbi standen mit Franks Schwestern schon am Eingang und hatten die Suche aufgegeben. Nur Tina und Tini durchkämmten noch einmal das niedrige Buschwerk am Zaun, der das Schwimmbadgelände vom Fußballplatz trennte.

„Was versprecht ihr euch davon?“ rief Frank säuerlich zu ihnen hinüber. „In dem niedrigen Grünzeug kann es nicht liegen. Man würde es schon von weitem sehen. Ich hab doch kein Schrumpfrad, das man auf Taschengröße zusammenschieben kann!“

„Man muß ja nicht gleich das ganze Rad finden“, sagte Tini und bückte sich rasch nach einem metallisch blitzenden Gegenstand. „Wäre es zum Beispiel möglich, daß dies hier zu deinem Rad gehört hat?“

„Mein Schloß!“ Frank schaute Tini entsetzt an. „Aufgebrochen! Aber . . . aber . . . das ist unmöglich! Das kann man doch gar nicht aufbrechen!“

„Das behauptet die Firma, die es verkauft“, Tobbi nahm Tini das verbogene Schloß aus der Hand und betrachtete es fachmännisch. „Aber offensichtlich gibt es Profis, die mit so was fertig werden.“

„Bist du ganz sicher, daß es deines ist?“ fragte Tina.

„Klar! Hier – siehst du das? Da habe ich meine Initialen eingeritzt. ‚F. R.‘ für Frank Ritter. Es gibt gar keinen Zweifel.“

„Nun, eines steht fest“, Oliver starrte stirnrunzelnd auf das zerbrochene Schloß, „diese Sorte werde ich für mein Rad nicht verwenden!“

„Es war das stärkste, das ich kriegen konnte!“ erwiderte Frank. „Was Besseres gibt es nicht!“

„Ich glaube, es ist sinnlos, jetzt darüber zu diskutieren. Eines wissen wir nun jedenfalls genau: Franks Fahrrad ist gestohlen und nicht versteckt worden“, meinte Tini. „Ihr werdet den Diebstahl der Polizei melden müssen. Und es wird nicht leicht sein, den Dieb zu finden. In ein Schwimmbad kommen täglich Hunderte – einen besseren Ort zum Klauen gibt es gar nicht."

„Sag doch gleich, es ist völlig hoffnungslos", seufzte Frank niedergeschlagen. „Jetzt werde ich erst mal zu Hause in den Keller steigen und mir aus den verrosteten Drahteseln, die da aus früheren Zeiten noch herumstehen, die besten Teile heraussuchen, um mir einen fahrbaren Untersatz zu bauen."

„Du wirst lachen, eigentlich kamen wir zu dir, um dich nach diesen alten Drahteseln zu fragen", sagte Oliver. „Für meine drei Gäste – um ein paar Radtouren zu machen."

Frank schaute Tina, Tini und Tobbi an. „Wartet mal – na, ich glaube, das kriegen wir hin. Meine Mutter leiht euch ihr Rad sicher gern, sie benutzt es selten. Das gleiche gilt für meinen älteren Bruder. Und Marlene braucht ihres auch nicht jeden Tag, oder?"

„Klar leihe ich euch mein Rad, wir werden uns schon einigen!" bestätigte Marlene munter, froh, daß endlich das Thema gewechselt wurde. Sie fühlte sich an dem Diebstahl besonders schuldig, weil sie Ina in ihrer Ungeduld so gedrängelt hatte, nicht erst den Reifen aufzupumpen, sondern eines der anderen Räder zu nehmen.

„Na prima – wir reden noch darüber", Oliver sah auf die Uhr. „Aber jetzt müssen wir schleunigst nach Hause, Gustchen wartet sicher schon mit dem Essen. Heute nachmittag schauen wir dann noch mal bei euch vorbei. Bis dann!"

„Wiedersehen!"

„Bis dann!"

Frank und seine beiden Schwestern gingen in die entgegengesetzte Richtung davon, und Oliver führte seine Gäste auf dem kürzesten Weg zum Haus zurück.

In der Halle stießen sie mit Olivers Vater zusammen, der einen Käfig mit weißen Mäusen in der Hand trug und mit verzückt gespitzten Lippen auf eine rundliche Mäusedame einsprach.

„Ah, nett, daß ihr da seid!“ rief er aus, ohne sonderlich von seinen Gästen Notiz zu nehmen. „Olivia wird heute Mutter, deshalb habe ich sie mit nach Hause genommen. Sie braucht jetzt besondere Fürsorge.“

„Welche ist Olivia?“ fragte Tina und reckte den Hals.

„Die dort hinten. Hat sie sich nicht ein entzückendes Nest gebaut?“ Olivers Vater sah Tina mit dem Ausdruck mütterlichen Stolzes an.

„Fabelhaft! Und was für kluge Augen sie hat!“ lobte Tina. „Ich bin sehr neugierig auf ihre Kinder!“

„Ja, nicht wahr?“ Olivers Vater lachte glücklich. Diese Tina versprach ein angenehmer Gast zu werden.

„Das Essen steht auf dem Tisch!“ ertönte Gustchens Ruf von oben.

„Geht schon mal vor, ich komme gleich. Und fangt mit dem Essen an, wartet nicht auf mich“, Olivers Vater trug den Käfig behutsam in sein Arbeitszimmer hinüber. „In fünf Minuten komme ich nach!“

„Den könnt ihr vergessen“, seufzte Oliver. „Na kommt, wenigstens wir wollen Gustchen nicht enttäuschen. Wenn ich mich nicht irre, gibt's heute Wiener Schnitzel und hinterher Schokoladenpudding mit Schlagsahne.“

Das darf doch nicht wahr sein!

„Nimmst du dein Rad mit?“ fragte Tina Oliver, als sie sich am Nachmittag auf den Weg machten, um bei Frank einen weiteren Besuch zu machen. „Vielleicht könnten wir dann anschließend gleich zu einem kleinen Ausflug starten – zum Schloß zum Beispiel?“

„Keine schlechte Idee. Wartet einen Augenblick, ich hole

nur schnell den Garagenschlüssel.“

„Wir gehen schon mal vor. Mit deinem Super-Renner bist du sowieso zehnmal schneller als wir“, meinte Tobbi, „und den Weg kennen wir ja.“

Tina, Tini und Tobbi sprangen die Stufen zur Straße hinunter und liefen los. Sie waren kaum hundert Meter gegangen, als Oliver sie überholte. In der Pose eines Siegers schoß er an ihnen vorüber, vergeblich versuchten sie, eine Weile mit ihm Schritt zu halten.

Frank saß vor der Kellertür auf den Stufen und starrte gedankenverloren auf einen Berg von Einzelteilen, die alle mal zu irgendeinem Fahrrad gehört hatten. Sein Gesicht drückte tiefste Niedergeschlagenheit aus. Hin und wieder ergriff er ein Teil, wog es prüfend in der Hand und warf es angeekelt wieder fort. Der Verlust seines geliebten Drahtesels hatte ihm jede Lust am Basteln verdorben.

„Hallo, da seid ihr ja wieder“, sagte er ohne aufzuschauen, als Oliver und seine Gäste neben ihm auftauchten.

Tina sah ihn mitleidsvoll an. „Gibt es irgendwas, womit man dich aufheitern kann?“ Frank schüttelte traurig den Kopf.

„Vielleicht ein Eis – mit Früchten und Sahne?“

Frank hob unschlüssig die Schultern.

„Na komm, sei kein Frosch, gib dir einen Ruck und komm mit uns“, sagte Tini kameradschaftlich. „Wir wollen zum Schloß hinauf und uns dort ein bißchen umsehen. Und später Eis essen gehen. Glaubst du, daß wir genug Fahrräder für uns zusammenkriegen?“

Frank erhob sich ächzend und wies stumm auf die Garagenwand. Dort standen die Räder seiner Schwestern und seines älteren Bruders.

„Schon alles organisiert“, brummte Frank. „Muß mir nur noch die Hände waschen.“

Mit dem Fuß schob er die herumliegenden Fahrradteile in

einer Ecke zusammen und ging ins Haus.

„Warst du schon bei der Polizei?“ fragte Tina ihn, als er wieder erschien.

„Ja, gleich nach dem Mittagessen.“

„Na und?“

„Nichts. Sie haben ein Protokoll aufgenommen, das war alles.“

„Sicher. Was sollen sie schon groß sagen. Jeden Tag werden Dutzende von Fahrrädern geklaut, sie sind daran gewöhnt.“

„Ist das dein Ernst?“ fragte Tini entsetzt. „Jeden Tag Dutzende von Fahrrädern? In einer so kleinen Stadt? Das gibt's doch gar nicht!“

„Anscheinend doch. Jedenfalls drückte sich der Polizeibeamte so aus. Der Diebstahl regte ihn überhaupt nicht auf.“

„Und das hat dich um so mehr aufgeregt, wie ich dich kenne“, sagte Oliver lachend.

„Und ob. Ist doch klar: Wenn sie sich nicht für die Diebstähle interessieren, unternehmen sie auch nichts dagegen!“

„Meinst du wirklich? Ich muß doch mal mit Pelle darüber reden. Du weißt, unser Obermieter – er ist Polizist. Ich hoffe, er wird deinen Verdacht entkräften.“

Der Weg zum Schloß führte ständig bergauf. Sie mußten kräftig in die Pedale treten, und so verstummte das Gespräch rasch. Erst als sie den Park erreicht hatten und unter den hohen Bäumen auf das mächtige Tor zurollten, erwachte Tina zu ihrer gewohnten Redseligkeit.

„Mir läßt der Gedanke an den Fahrraddieb keine Ruhe“, stieß sie heraus. „Wenn ich nur wüßte, wie man ihm auf die Schliche kommen kann! Wenn wir ihm nun eine Falle stellten?“

„Wie stellst du dir das vor?“ fragte Tobbi kopfschüttelnd. „Willst du dich im Schwimmbad den ganzen Tag auf die Lauer legen? Schade um die schönen Ferien.“

Im Schloß wimmelte es von Besuchern, denn es war ein beliebtes Ausflugs- und Touristenziel

Tina hob unschlüssig die Achseln. „Wenn ich ehrlich bin, möchte ich auch lieber meine Ferien genießen. Mir tut nur Frank so leid!"

Frank lächelte Tina dankbar an. „Wenn ich dich so höre, geht's mir gleich viel besser! Wißt ihr was? Für heute habe ich genug Trübsal geblasen. Schluß damit. Den Rest des Tages will ich mit euch verbringen, als wäre nichts passiert, okay? Kommt, jetzt zeige ich euch den Brunnen – er ist dreißig Meter tief!"

„Und die Räder lassen wir hier beim Parkwächter, da sind sie wenigstens sicher", meinte Oliver. „Aber vergeßt trotzdem nicht, sie abzuschließen."

Das Schloß war ein beliebtes Ausflugs- und Touristenziel, überall wimmelte es von Besuchern. Von der Terrasse hatte man einen herrlichen Blick auf die Stadt. In allen Sprachen ertönten begeisterte Zurufe. Frank und Oliver zeigten ihren

Gästen den Turm mit den Schießscharten und den Kerker, in dem durch ein schweres Eisengitter hindurch noch Reste von menschlichen Skeletten zu erkennen waren. Dann probierten sie das Echo in dem tiefen Brunnen aus, bewunderten alte Geräte und Waffen und besichtigten schließlich noch die kostbar eingerichteten Wohnräume im Innern des Schlosses.

„Hier möchte ich einmal eine Nacht verbringen", seufzte Tina und schaute sehnsüchtig auf das prächtige goldene Himmelbett mit den schweren Damastvorhängen. „Und morgens müßte mir eine Kammerzofe das Frühstück ans Bett bringen: frische Erdbeeren mit Schlagsahne und Schokoladentorte und zum Nachtisch Spiegeleier mit Schinken und saure Gurken. Und wenn ich angezogen wäre, würde schon mein Stallknecht mit der schneeweißen Stute vor dem Tor warten. Dann würde ich ausreiten und ..."

„... mir einen Millionär suchen, der das Schloß kauft", spann Tini die Geschichte weiter. „Von dem Geld würde ich mir ein Schiff kaufen, meinem Vater als erfahrenen Kapitän das Kommando übergeben und für den Rest meines Lebens um die Welt fahren. Denn was soll ich so allein in so einem riesigen Schloß"

„Habt ihr genug gesehen?" fragte Oliver. „Dann bummeln wir jetzt ein bißchen durch den Park. Da gibt's ein kleines Kaffee mit herrlichem Eis!"

„In dem Fall würde ich nicht bummeln, sondern rennen", meinte Tobbi. „Nicht zu fassen, daß man nach Gustchens köstlichem Mittagessen schon wieder solchen Appetit haben kann!"

Der Park war riesig groß, er umgab das Schloß von allen Seiten und zog sich an seiner Rückseite bis zum Gipfel des Hügels hoch. Versteckte Treppen, kleine Terrassen, Tunnels und Mauern luden zu immer neuen Erkundungsgängen ein. An der steilsten Stelle war der Berg mit einer fünf Meter hohen

Mauer abgestützt, die durch Pfeiler getragen wurde. Und hinter diesen Pfeilern gab es die herrlichsten Höhlen und Verstecke. Tina, Tini und Tobbi durchforschten sie begeistert.

„He! Seht euch das an – hier wohnt sogar jemand." rief Tina. „Muß aber ziemlich düster sein da drinnen."

„Komm weiter, ich will jetzt endlich mein Eis!" maulte Tobbi. „Wenn wir in dem Tempo weitermachen, ist das Kaffee geschlossen, bis wir hinkommen."

Tina warf einen letzten Blick auf die verwitterte Holztür, die den Eingang zu einer der Höhlen verschloß. Was mochte das ovale Zeichen dort bedeuten? Nun, vielleicht hatten es spielende Kinder in das Holz geschnitzt. Wahrscheinlich handelte es sich bei dem verschlossenen Raum um eine Ablage für Gartengeräte, die die Schloßgärtner zur Pflege der Parkwege und Beete benötigten.

„Ich komme schon!" rief Tina laut und rannte hinter den anderen her. „Wartet doch!"

Oliver und Frank hatten nicht zuviel versprochen. Das Eis war wirklich klasse, und die Portionen übertrafen alle Erwartungen.

„Hier könnte ich es eine ganze Weile aushalten", meinte Tina strahlend und schleckte an ihrem Aprikosen-Eis.

„Ja, ja, ich weiß schon", spottete Tobbi. „Wenn dir das Schloß gehörte, würdest du auf deiner schneeweißen Stute alle zwei bis drei Stunden einen Ausritt hierher machen, um Eis zu essen und nur zu den Mahlzeiten nach Hause zurückkehren."

„Warum sollten wir es nicht genießen", unterstützte Tini die Freundin, „schließlich müssen wir im Internat monatelang von der Erinnerung an solche Genüsse zehren."

„Wenn das so ist, essen wir gleich noch eine Portion", Oliver schwenkte stolz sein Portemonnaie, „Vater hat mich gut dafür ausgerüstet, meine Gäste zu verwöhnen."

„Dein Vater bekommt einen Orden von mir! Diesmal probiere ich das Zitronen- und das Karamell-Eis!"

Es begann bereits dunkel zu werden, als sie das behagliche kleine Kaffee verließen. Übermütig schwatzend marschierten sie durch den Park zurück zum Parkplatz.

„Wir scheinen die letzten zu sein", meinte Tini. „Kein einziges Auto ist mehr zu sehen. Wie gut, daß man uns nicht im Park eingeschlossen hat – wir hätten in einer der Höhlen übernachten müssen."

„Wo ist der Parkwächter, ich wollte ihm noch was fürs Aufpassen geben."

Oliver schaute sich suchend um.

„Der ist längst nach Hause gegangen. Schau doch, was auf dem Schild steht!" Tobbi wies auf ein rundes Schild am Eingang. „Parkplatz bewacht von 9 bis 17 Uhr."

„Pech. Ich hätte das vorher erledigen sollen. Jetzt ist es schon fast sechs. Na ja, das nächste Mal . . ."

Frank war vorausgegangen und schloß ritterlich den beiden Mädchen die Fahrradschlösser auf.

Tina sah sich um. „Wo hast du deinen Super-Renner abgestellt, Oliver?"

„Was soll die blöde Frage. Gleich neben dir, das weißt du doch."

Tina wurde blaß. Hilflos schaute sie Tini an. „Sag mal – ich spinne doch nicht, oder? Wo ist Olivers Rad?" fragte sie leise.

Inzwischen war auch Oliver herangekommen. Suchend sah er sich um. „He, ihr Witzbolde – wollt ihr mich auf den Arm nehmen? Das ist aber nicht fair, nachdem ich euch so nett zum Eis eingeladen habe!"

Jetzt hatten auch Tobbi und Frank gemerkt, was los war. Ungläubig starrten sie auf die Stelle, an der vorher Olivers Super-Rennrad geparkt hatte.

„Nun laßt doch den Quatsch! Warum macht ihr so was mit mir?" Olivers Stimme kickste aufgeregt rauf und runter. „Ich kann das gar nicht komisch finden!"

Tina schluckte. „Oliver, wir haben dein Rad nicht versteckt! Keiner von uns hat es angefaßt, das weißt du ganz genau! Wann hätten wir so was auch tun sollen, und warum?" stieß sie heiser hervor.

„He!" Oliver kamen fast die Tränen. „Das ist doch nicht euer Ernst, oder? Ihr wollt mich bloß erschrecken, weil ich mit meinem Rad so angegeben habe, hab ich recht?"

„Quatsch!" sagte Tobbi rauh. „Hast du ja gar nicht. Außerdem würden wir so was nie tun. Aber offensichtlich war dein tolles Rennrad für irgendeinen Herrn Langfinger eine Herausforderung. Der Parkwächter war gegangen und weit und breit kein Mensch zu sehen . . ."

„Hör auf! Ich kann das nicht glauben!"

„Und was glaubst du?"

„Ich . . . ich weiß nicht. Menschenskind, das kann doch nicht wahr sein! Das ist doch ein schlechter Witz! Heute vormittag Frank – und jetzt ich! Wenn das mein Vater erfährt . . . nein, der darf es auf keinen Fall erfahren." Oliver strich sich völlig verstört durch die Haare.

„Tja, sieht aus wie 'ne ansteckende Krankheit", sagte Tobbi. „Habt ihr Feinde, Frank und du?"

„Nicht, daß ich wüßte."

„Sollen wir die Umgebung mal absuchen?" schlug Tina kleinlaut vor.

„Ich glaube nicht, daß es Sinn hat. Aber wir müssen es wohl tun um ganz sicherzugehen. Los, beeilen wir uns, ehe es ganz dunkel wird!" Tini zog Tina mit sich fort und begann, das Gebüsch hinter dem Parkplatz abzusuchen.

Die Jungen folgten zögernd ihrem Beispiel. Keiner von ihnen erwartete, das Rad in der Nähe zu finden.

Vom Schloß her kam eine alte Frau. Sie ging gebückt, am Arm trug sie eine zerschlissene Einkaufstasche, aus der eine

Thermosflasche und eine zusammengerollte Illustrierte heraussahen.

„Du, ist das nicht die Kassiererin vom Schloß drüben?" flüsterte Tina. „Vielleicht hat sie etwas beobachtet? Von ihrem Kassenhäuschen aus müßte sie den Parkplatz doch sehen können?"

„Fragen wir sie mal!" Tini lief zu der alten Frau hinüber. „Entschuldigen Sie bitte, wir haben nur eine Frage, vielleicht können Sie uns helfen."

„Hä?" machte die Frau und musterte Tini von Kopf bis Fuß.

„Uns ist ein Fahrrad abhanden gekommen – wahrscheinlich gestohlen worden. Haben Sie zufällig irgend etwas beobachtet? Ich meine, haben Sie jemanden gesehen, der sich an den Rädern zu schaffen gemacht hat?"

„Ich? Ich hab was Besseres zu tun, als in der Gegend rumzugucken! Den ganzen Tag der Rummel! Hab alle Hände voll zu tun, auf mein Wechselgeld zu achten. Und dann die Ausländer – alles muß man ihnen mehrmals erklären. Und die anderen in der Schlange werden ungeduldig. Den ganzen Tag der Andrang – ja, Postkarten muß ich auch verkaufen! Und den Schloßführer – und dann die Fragerei wegen der Briefmarken. Dabei soll man dann noch ein Auge drauf haben, daß keiner was mitnimmt, ohne zu bezahlen, und außerdem . . ."

„O ja, natürlich, ich verstehe Sie vollkommen", unterbrach Tini den Redeschwall der Frau. „Entschuldigen Sie bitte vielmals, es war ja nur eine Frage."

Tini wandte sich entmutigt ab.

„War'n junger Mann da!" rief die Frau hinter ihr her. „Hat stundenlang an seinem Rad rumgemurkst, mit der Luftpumpe oder so was Ähnlichem. Schönes Rad, noch ganz neu, hab noch gedacht, alles mögliche erfinden sie, aber Reifen, in denen die Luft bleibt, nee, eher bauen sie 'ne Mondrakete."

Tini hatte sich wie elektrisiert der Frau wieder zugewandt.

„Sie haben ihn gesehen? Wie sah er aus?"
„Rot – hat so silbrig geschimmert."
„Das Rad, ja, aber ich meine, wie hat der junge Mann ausgesehen?" drängte Tini.
„Der? Weiß ich nicht. Groß war er – und jung. Blaue Jeans. Helles Hemd – also, mir ist nur das Rad aufgefallen. Der junge Mann, darüber kann ich nichts sagen."
„Und er ist mit dem Rad weggefahren?"
„Jaja, sage ich doch. Nachdem er mit dem Reifen fertig war."
„Hm. Nun ja, schade, daß Sie sein Gesicht nicht gesehen haben. Jedenfalls herzlichen Dank!"
Tini kehrte zu den anderen zurück und berichtete, was sie eben gehört hatte.
„Jedenfalls brauchen wir hier nicht weiterzusuchen. Das Rad ist weg und Spuren finden wir in der Dunkelheit auch nicht mehr." Oliver wandte sich ab und ging davon.
Die anderen folgten ihm bedrückt. Lähmende Stille breitete sich aus. Daß ausgerechnet Olivers Super-Rennrad gestohlen werden mußte! Warum konnte es nicht eines der anderen sein! Steckte doch eine Absicht dahinter? Oder war der Dieb nur an Rädern interessiert, die fast neu waren oder besondere Raffinessen besaßen – so wie Franks Rad? Aber solche Räder mußten dann doch auch besonders leicht wiederzuerkennen sein.
„Pelle! Ich muß erst mal mit Pelle reden!" sagte Oliver in die Stille hinein.
„Glaubst du, daß er uns weiterhelfen kann!" fragte Frank mutlos.
„Egal, ob er uns helfen kann oder nicht", platzte Tina heraus. „Wir werden die Diebe finden und unschädlich machen! Daß Olivers Rad geklaut worden ist, ist eine Herausforderung an unseren kriminalistischen Spürsinn! Und ich werde nicht eher ruhen, bis wir hinter das Geheimnis gekommen sind!"
„Tina hat recht", bestätigte Tini. „Wenn es der Polizei bisher

nicht gelungen ist, den Fahrraddieb zu fangen, schaffen wir es vielleicht."

„Wieso gerade wir?" fragte Tobbi.

„Weil wir unverdächtig sind. Wir tragen keine Uniformen und sind nur Besucher in der Stadt."

„Gar nicht schlecht, der Gedanke!" Oliver blieb stehen und sah Tini an. „Darüber lohnt sich nachzudenken."

Die Polizei ist ratlos

„Da seid ihr ja endlich! Ich hab mir schon Sorgen gemacht!"

Gustchen erwartete sie bereits auf der Treppe. Sie ergriff Olivers Hand, dann befühlte sie seine Stirn. Unwillig schüttelte Oliver sie ab.

„Du bist ja ganz blaß, Kind! Fühlst du dich nicht gut?"

„Unsinn – das macht die blöde Treppenbeleuchtung. Mir geht es sehr gut. Ich muß Onkel Pelle schnell mal was fragen." Oliver drückte sich an Gustchen vorbei und sprang die Treppe zum oberen Stockwerk hinauf.

„Hoffentlich habt ihr euch nicht erkältet, Kinder! Sobald die Sonne weg ist, wird es recht kalt!" Gustchen befühlte erst Tina, dann Tini. „Na kommt, ein heißer Kakao wird euch jetzt guttun. Das Abendbrot steht schon auf dem Tisch. Wo seid ihr nur so lange gewesen?"

„Wir haben das Schloß besichtigt", sagte Tina schnell. „Und dann sind wir stundenlang in dem herrlichen Park herumspaziert. Und schließlich hat Oliver uns noch zu einem Eis eingeladen."

„Hoffentlich habt ihr dann überhaupt Hunger?"

„Und ob!" riefen alle drei zugleich. Es war erstaunlich, wieviel Appetit einem die Aufregung machen konnte.

„Hoffentlich habt ihr euch nicht erkältet, Kinder!" sagte Gustchen besorgt

„Pelle ist noch nicht zu Hause."

Oliver kam die Treppe herunter und sah Tina, Tini und Tobbi beschwörend an. Hoffentlich hatten sie sich bei Gustchen nicht verplappert!

„Fangt schon mal mit dem Essen an, ich muß schnell noch was erledigen, bin gleich wieder da."

Ehe sie noch etwas fragen konnten, stob er zur Haustür hinaus. Gustchen sah ihm kopfschüttelnd nach.

„Schrecklich, dieser Junge. Sicher ist wieder etwas mit seinem Fahrrad. – Ich sage ja, am liebsten würde er es noch mit ins Bett nehmen!"

„Dazu wird es nun wohl nicht mehr – au!" Tina quiekte auf. Tobbi hatte sie kräftig gekniffen und damit gerade noch verhindert, daß sie sich versprach. Zum Glück hatte Gustchen nichts gemerkt.

Beim Abendbrot plapperten sie drauflos wie die Papageien, nur um Gustchen von dem Gedanken an Olivers Fernbleiben abzulenken. Tina und Tini erzählten über ihr Leben im Internat und über sämtliche Abenteuer, die sie bisher erlebt hatten, und ging ihnen der Atem aus, fiel Tobbi ein und spann den Faden weiter. Wollte Gustchen etwas sagen, war Tobbi schnell mit einem Witz zur Hand, und drohte ihnen der Stoff auszugehen, fragte Tini schnell nach einem Kochrezept.

Endlich tauchte Olivers Kopf im Türrahmen auf. Sein Gesicht hatte einen gequälten Ausdruck.

„Ist Pelle inzwischen gekommen?“ fragte er schnell.

„Nein, das hätte ich gehört. Nun setz dich erst mal hin und iß. Was ist denn nur los mit dir?“ Gustchen zog Oliver ins Zimmer und drückte ihn energisch auf seinen Stuhl.

„Ach, es ist wegen Franks Rad. Ich habe dir doch erzählt, daß es heute vormittag gestohlen wurde“, beschwichtigte Oliver sie. „Ich habe Frank versprochen, mich darum zu kümmern.“

Hastig schlang Oliver herunter, was Gustchen ihm auf den Teller legte. Tina, Tini und Tobbi waren verstummt. Zu gerne hätten sie gefragt, wo Oliver gewesen war, aber Gustchen sollte vorerst nichts von dem Verlust des Super-Rennrads wissen.

Endlich klappte unten die Haustür.

„Das wird dein Vater sein“, sagte Gustchen und lief eilig hinaus.

Hastig nutzten Tina, Tini und Tobbi die Zeit, um Oliver auszuquetschen.

„Nun? Was ist?“

„Wo hast du gesteckt?“

„Was gibt’s Neues?“

„Wo soll ich schon gesteckt haben? Bei der Polizei natürlich.“

„Und?“

„Den Weg hätte ich mir sparen können. Ehrlich gesagt, ich hatte gehofft, Pelle dort anzutreffen. Aber er hatte Außendienst. Und auf dem Polizeirevier herrschte ein solcher Hochbetrieb, daß keiner richtig Zeit für mich hatte. Ich soll morgen früh wieder kommen, heute nacht hätten sie ganz andere Sorgen.“

„Na so was!“

„Hoffentlich kommt Pelle bald nach Hause, vielleicht kann er mir wenigstens helfen.“

Pelle kam eine Stunde später. Sie hörten seine schweren Schritte auf der Treppe, er mußte sehr müde sein.

„Warten wir einen Augenblick, bis er sich ein wenig erholt hat, dann gehen wir rauf“, schlug Oliver vor. Dann verschwand er in der Küche und kam mit einem Teller voller frisch gebackenem Streuselkuchen und zwei Bierflaschen zurück. „Das hier wird ihn milde stimmen, hoffe ich“, meinte Oliver. „Kommt, versuchen wir unser Glück.“

Im Gänsemarsch stiegen sie die Treppe zum zweiten Stock empor.

„Verflixt! Hört mal!“ Oliver blieb stehen und lauschte.

„Was ist?“

„Fußball im Fernsehen. Schlimmer hätte es gar nicht kommen können. Na ja, vielleicht ist die Sendung gleich zu Ende.“

Oliver klopfte an Wachtmeister Pelles Tür. Da keine Antwort kam, öffnete er sie vorsichtig. Wie eine Trophäe hielt er den Teller mit dem Kuchen vor sich.

„'n Abend, Onkel Pelle, das ist von Gustchen für dich. Dürfen wir reinkommen?“

„Kommt rein, setzt euch hin und seid still“, sagte Pelle, ohne den Blick vom Fernsehschirm zu nehmen.

„Darf ich vorstellen? Tina, Tini und Tobbi.“

„Ah, freut mich. Mach doch hinten zu, du Flasche!“ brüllte Pelle so unvermutet los, daß der Streuselkuchen auf dem Teller in die Höhe hüpfte. Oliver stellte ihn hastig auf Pelles Schoß ab. „Über die Flanke, du Trottel! Ist das zu fassen, kein Mensch da, wieder kein Mensch da!“ jaulte Pelle.

Tina und Tini starrten verständnislos auf die bunten Punkte, die sich über den Bildschirm bewegten. Oliver wies sie mit einer Handbewegung an, sich möglichst leise zu setzen und abzuwarten.

„Also, habt ihr das gesehen? Wie die Weihnachtsmänner! Du Transuse, siehst du denn nicht, daß rechts alles frei ist! Ja!! Gut so! Weiter so! Achtung! Vorsicht! Gut umspielt, Klasse, der Junge! Schuß! Und ...“, Pelle sprang in die Luft und fuchtelte mit den Armen, „Tooor!!! Wieso kein Tor? Der Ball war drin! Ich hab es gesehen! Habt ihr es nicht gesehen? Der Ball war eindeutig drin!“

„Onkel Pelle, ich muß was mit dir besprechen“, begann Oliver zaghaft. „Es ist etwas Furchtbares passiert!“

„So? Was denn? Also, diesen Schiedsrichter sollten sie sauer einlegen! Warum pfeift er nicht ab? Das war ein Foul – eindeutig! Der Mann gehört vom Platz – na erzähl, Junge, wo drückt der Schuh, ich bin ganz Ohr – nun schieß doch, du Pflaume, worauf wartest du denn? Auf den nächsten Bus? Na endlich!“

Oliver seufzte kellertief. Dann nahm er einen Anlauf. „Onkel Pelle, hast du schon gehört, daß Franks Fahrrad geklaut worden ist?“

Auf dem Bildschirm versammelte sich eine Schar von Spielern um einen verletzten Mann.

„Ja, ja, hab ich gehört, Gustchen hat es mir vorhin gesagt, der simuliert doch nur, das kennt man ja! Alles Theater!“

Es war schwer, Pelle bei diesem Hin und Her zu folgen.

„Wenig Hoffnung für den Jungen bei der derzeitigen Lage.

Jetzt stellt doch diesen Mümmelgreis vom Platz, und so was will Nationalspieler sein! Das ist ein Spiel – ich weiß nicht, warum man sich so was ansehen muß! Wie die Karnickel um einen Kohlkopf – ja, also, wie ich schon sagte, die Polizei kann da wenig ausrichten, zuviel andere Probleme, zuwenig Leute, der Staatsbesuch jetzt und – ja ist es denn zu fassen, hast du denn keine Augen im Kopf du Trottel, nach links! Links ist alles frei und er stürzt sich in die gegnerische Abwehr wie . . . wie . . ."

„Wie eine Wildsau ins Unterholz", half Tini ihm weiter, die allmählich von seiner Leidenschaft angesteckt wurde.

„Onkel Pelle, es ist aber noch viel schlimmer", versuchte Oliver sie zu übertönen. „Mein Fahrrad ist nämlich ein paar Stunden später auch geklaut worden!"

Wachtmeister Pelle setzte sich mit einem Ruck auf und starrte Oliver an. „Dein neues – nein! Wann? Wo?"

„Tooor!" brüllten Tina, Tini und Tobbi.

„Pscht!" wehrte Pelle ab. „Müßt ihr hier so rumschreien, wenn ernsthafte Leute ernste Probleme diskutieren? Erzähl, Junge, wie ist das passiert?"

„Ja – wie! Wenn ich das wüßte, wäre ich froh. Wir waren im Schloß oben und anschließend im Kaffee und hatten die Räder auf dem Parkplatz abgestellt. Als wir zurückkamen, war mein Rad verschwunden."

„Tz–tz–tz", Pelle schüttelte mißbilligend den Kopf. „Immer das gleiche. Nagelneue Fahrräder oder Fahrradteile. Und wir kommen dem Kerl nicht auf die Schliche."

„Sind denn schon viele solcher Fälle bekannt geworden?" erkundigte sich Tina.

„Haufenweise – mein Schreibtisch liegt voll von Anzeigen. Die Räder verschwinden spurlos – wahrscheinlich werden sie ins Ausland verkauft. Ich hab da so meine Theorie. Aber was nützt das, wenn wir den Kerl nicht auf frischer Tat ertappen."

„Immer das gleiche – nagelneue Fahrräder verschwinden, und wir kommen dem Kerl nicht auf die Schliche!“ schimpfte Pelle kopfschüttelnd

„Kann man ihm nicht mal eine Falle stellen?“ fragte Tini.

„Aber Kindchen, wer soll das machen?“ fragte Pelle mit einem Gesicht, als hätte man ihm auf die Hühneraugen getreten. „Ich sagte ja schon – der Staatsbesuch. Achtzig Prozent unserer Leute sind damit beschäftigt, die hohen Herrschaften zu bewachen. Und dann die Urlaubszeit – der Verkehr, die vielen Touristen! Wir wissen nicht mehr, wo uns der Kopf steht. Alles was wir tun können ist, Protokolle aufzunehmen.“

„Nicht sehr tröstlich“, seufzte Tina. „Übrigens, die in den roten Hosen haben eben zwei zu null gewonnen.“

„Ach ja?“ fragte Pelle, ohne großes Interesse zu zeigen und

angelte mit den Füßen nach seinen Pantoffeln, die ihm bei seinen Leidenschaftsausbrüchen unter den Sessel gerutscht waren. „Wenn ich nur wüßte, was man tun könnte."

„Aber Herr Pelle, Sie als Polizist müßten doch ...", begann Tobbi.

„Wir brauchen mehr Leute!" unterbrach Pelle ihn erregt. „Das ist es, was ich immer sage: Wir brauchen mehr Leute! Bei so einer Serie von Diebstählen müßte man systematisch die ganze Stadt durchkämmen! Man müßte Hunderte von Zeugen verhören! Man müßte die einzelnen Fälle genau studieren, um hinter die Methode des Diebes zu kommen."

„Sprachen Sie nicht vorhin von einer Theorie, die Sie entwickelt hätten?" fragte Tini.

„Nun ja, ich bin der Meinung, daß der Dieb mit dem Auto unterwegs ist. Wenn er ein Fahrrad gefunden hat, das fast neu oder so wertvoll ist, daß sich der Diebstahl lohnt, fährt er mit seinem Wagen so dicht heran, daß er es in einem unbewachten Augenblick nur schnell in den Laderaum – oder Kofferraum – zu werfen braucht und in Sekundenschnelle wieder verschwunden ist."

„Möglich. Allerdings widerspricht es dem, was die alte Frau von der Schloßkasse uns berichtet hat. Daß sie einen jungen Mann beobachtet hat, der sich an Olivers Rad zu schaffen machte und damit davonfuhr", meinte Tobbi.

„Und im Schwimmbad? Da muß doch auch jemand sehr gut Bescheid wissen, um ungesehen ein Fahrrad stehlen zu können. Er muß auf der Lauer liegen und abwarten, bis der Besitzer sich umgezogen und die Schwimmhalle betreten hat."

„Na, das erleichtert die Angelegenheit doch höchstens", unterbrach Oliver Tina. „Du kannst vom Garten her in die Schwimmhalle hineinsehen und bist von dort aus in wenigen Sekunden wieder im Fahrradkeller."

„Schon gut", sagte Pelle, „ich gebe zu, diese beiden Fälle

sprechen gegen meine Theorie. Aber es gibt genug andere, bei denen der Diebstahl sofort bemerkt wurde – und die Räder waren wie vom Erdboden verschluckt. Obgleich man sofort mit der Suche begann – in einem Fall haben wir sogar jeden Radfahrer im Umkreis von ein paar Kilometern überprüft. Es war gerade nichts los an dem Tag und wir dachten, so kurz nach dem Diebstahl müßte es ein Kinderspiel sein, den Dieb ausfindig zu machen."

„Ich weiß nicht", überlegte Tobbi. „Er brauchte doch nur in einem Hauseingang zu verschwinden oder in einer Garageneinfahrt."

„Wenn er wußte, daß er verfolgt wurde, ja. Aber wir konnten annehmen, daß er sich sicher glaubte. Er hatte das Fahrrad bei einer Veranstaltung auf dem Sportplatz gestohlen. Der Besitzer kam nur durch einen Zufall noch einmal zurück, wenige Minuten, nachdem er das Rad abgestellt hatte."

„Sie meinen also, der Dieb hat vom Auto aus beobachtet, wie der Mann sein – vermutlich nagelneues – Rad abstellte und zur Zuschauertribüne ging. Als die Veranstaltung begann, fühlte er sich sicher. Ein Griff und das Rad lag im Kofferraum seines Wagens. Selbst wenn er den Parkplatz nicht verließ, mußte das Fahrrad unauffindbar bleiben. Das scheint mir eine ganz logische Annahme zu sein."

„Ja, wenn ich darüber nachdenke, finde ich auch, daß viel für Ihre Theorie spricht", pflichtete Tina ihrem Bruder bei. „Jetzt verstehe ich, daß Sie die Suche nach dem Dieb als so hoffnungslos ansehen. Man kann schließlich nicht ununterbrochen sämtliche Abstellplätze für Fahrräder heimlich überwachen, bis der Dieb geruht, mit seinem Wagen vorzufahren und vor den Augen des versteckten Polizisten ein Rad in seinen Kofferraum zu laden."

„Na, eines steht jedenfalls fest: Der Dieb klaut die Räder nicht für sich, sondern er betreibt irgendwo einen schwungvollen Handel damit. Sonst würden nicht so viele verschwinden – und nicht immer nur neue", meinte Oliver.

„Ja", stimmte Pelle ihm zu, „und vermutlich betreibt er diesen Handel weit weg von hier, denn sonst wären wir ihm längst auf die Schliche gekommen."

„Haben Sie die Fahrradhändler hier in der Stadt alle überprüft?" fragte Tina.

„Selbstverständlich. Da ist alles in Ordnung. Keiner von ihnen würde für eine krumme Sache seine Existenz aufs Spiel setzen", sagte Pelle überzeugt.

„Was mich wundert", meinte Tini kopfschüttelnd, „daß sich die Bestohlenen nicht zusammentun und zur Selbsthilfe schreiten. Wenn alle Fahrradbesitzer sich zusammentun würden, hätte man den Dieb sicher bald entlarvt!"

„Da hast du recht." Pelle nickte bekümmert. „Es ist erstaunlich, wie schnell sich die Bestohlenen abfinden. Sie sagen sich höchstens: Nie wieder ein teures nagelneues Fahrrad, gehe ich lieber gleich zum alten Ignaz und kaufe mir ein gebrauchtes, das wird mir dann wenigstens nicht gestohlen."

„Zum alten Ignaz? Wer ist das?"

„Der größte Fahrradhändler der Stadt. Schon mein Vater hat als Junge bei ihm gekauft", erklärte Oliver. „Ich werde mich nun wohl auch bei ihm nach einem anderen Rad umsehen müssen, denn um in die Schule zu kommen, brauche ich eines."

„Herrgott noch mal, man muß doch irgendwas gegen diesen Kerl tun können!" stöhnte Tobbi.

„Vielleicht fällt euch was ein?" Pelle lächelte entschuldigend. „Die Polizei jedenfalls ist ziemlich ratlos."

Der Freundliche Herr Ignaz

Daß Wachtmeister Pelle recht hatte, erfuhren sie am nächsten Tag auf dem Polizeirevier. Ein junger Polizeibeamter nahm mit dem Ausdruck tiefster Niedergeschlagenheit Olivers Protokoll auf und versprach, ihn sofort zu benachrichtigen, wenn man sein Fahrrad gefunden hätte. Hoffnung allerdings könne man ihm keine machen. Der Staatsbesuch, der Touristenstrom – er könne es sich ja denken.

Oliver winkte müde ab. Er wollte noch etwas erwidern, aber schon drängte sich ein aufgeregtes Ehepaar – offensichtlich Ausländer – dazwischen und jammerten, sie hätten ihr Geld und ihre Papiere verloren. Sie redeten wild auf den jungen Polizisten ein, und Oliver hatte gerade noch Zeit, sein Protokoll zu unterschreiben, dann wurde er von dem aufgeregten Paar zur Seite gedrängt.

„Was machen wir jetzt?“ fragte Tina, als sie wieder auf der Straße standen.

„Nun ja“, Oliver kratzte sich nachdenklich am Hinterkopf. „Wißt ihr, ich habe da so ein kleines Problem.“

„Mir scheint, du hast ein ziemlich großes Problem!“

„Das meine ich nicht.“

„Was dann?“ fragte Tobbi.

„Also, ihr seid schließlich nicht hergekommen, um mit mir um mein gestohlenes Fahrrad zu trauern, oder? Sondern ihr seid hier, um ein paar schöne Ferientage zu verleben, ehe ihr wieder hinter euren grauen Internatsmauern in Bergheim verschwindet.“

„Und wo ist das Problem?“ fragte Tini.

Oliver sah unglücklich von einem zum anderen. „Bis jetzt

habt ihr nur meinen und Franks Ärger genossen, das kann nicht so weitergehen. Wir werden irgendwas unternehmen, irgendwas Lustiges. Was ... also was würde euch denn Spaß machen?"

„Den Fahrraddieb zu fangen!" platzte Tina heraus.

„Nun hör doch bloß mit der blöden Geschichte auf", sagte Oliver gequält. „Gesetzt den Fall, das wäre nicht passiert, was würden wir dann unternehmen?"

„Bei dem herrlichen Frühlingswetter? Eine Radtour über Land vermutlich", sagte Tini. „Hier soll es doch in der Nähe in einem Wald ein Felsenmeer geben. Das würde ich gern einmal sehen!"

„Mußt du denn nun wieder in der offenen Wunde wühlen?" sagte Tina vorwurfsvoll. „Oliver hat doch kein Rad mehr, und das Wort Fahrrad soll nicht mehr über unsere Lippen kommen!"

„Unsinn! So habe ich es doch nicht gemeint", wehrte sich Oliver. „Tini hat recht. Für euch drei haben wir fahrbare Untersätze organisiert, dann werden wir für mich auch noch einen finden."

„Sag mal, ihr habt doch da gestern von einem Fahrradhändler geredet. Was haltet ihr davon, wenn wir alle zusammenlegen und für Oliver ein gebrauchtes Rad erstehen?" schlug Tobbi vor. „Bis zum Schulbeginn wolltest du dir doch sowieso eines zulegen."

„Gute Idee!" sagte Tina strahlend. „Mutti hat uns doch Geld für ein geeignetes Gastgeschenk für dich gegeben – wir sollten erst mal erkunden, was du dir wünscht, und es dann hier besorgen. Mutti dachte an zwei oder drei schöne Schallplatten oder Bücher. Wenn wir noch was drauflegen, bekommen wir für das Geld sicher schon ein gebrauchtes Rad!"

„Wenn ihr meint?" In Olivers Gesicht zeigte sich zum erstenmal wieder eine Spur von Freude. „Wir können ja mal zum alten Ignaz gehen und sehen, was er so alles in seinem Laden hat. Kommt, es ist nicht weit von hier."

Das Geschäft von Herrn Ignaz lag am Ende der Hauptstraße. Zwei große Schaufenster waren bis auf den letzten Winkel mit Fahrrädern jeder Farbe und Größe und jeder Art von Fahrradzubehör vollgestopft. Auf schreiend roten Plakaten waren die Vorzüge der einzelnen Stücke angepriesen. Immer wieder sprangen die Worte „Billig!", „Sonderangebot!" oder „Günstige Gelegenheit!" ins Auge.

„Wo bekommt der nur alle die billigen Räder her?" fragte Tina verwundert.

„Der Laden von Herrn Ignaz ist der größte Umschlagplatz für Gebrauchträder in der Stadt. Die meisten geben ihre alten Stahlrösser in Zahlung, ehe sie sich ein neues – besseres – Gebrauchtrad kaufen", erklärte Oliver.

„Und wieso ist Wachtmeister Pelle so sicher, daß Herr Ignaz nicht mit gestohlenen Rädern handelt?"

„Erstens bürgt der Ruf des Ladens und seines Besitzers dafür. Und zweitens werden sie seine Ware überprüft haben, denke ich."

„Außerdem vergißt du, daß bisher immer nur ladenneue Fahrräder gestohlen worden sind. Man würde sie sofort erkennen", fügte Tobbi hinzu.

Im Laden war es dämmrig und heiß. Es roch nach Gummi und nach aufgewärmtem Kaffee. Der Raum war bis unter die Decke mit Ware vollgestopft, dazwischen schoben sich meist jugendliche Kunden auf der Suche nach einem Ersatzteil oder einem Gebrauchtrad hindurch, standen sich im Weg, schubsten sich hierhin und dorthin, fachsimpelten oder betrachteten argwöhnisch, was der andere gerade entdeckt hatte. Immer in Sorge, der Nebenmann könne einem gerade den Schlager des Tages, die einmalig gute Gelegenheit, vor der Nase wegschnappen.

Hinter der Kasse stand Frau Ignaz, eine streng aussehende korpulente Dame mit straff nach hinten gekämmtem schwarzem Haar und sah mit wachen Raubvogelaugen über die Menge der Kunden hinweg. Ihr entging nichts, und sah sie einen Kunden einen Gegenstand unschlüssig in der Hand halten, trompetete sie über die Köpfe hinweg: „Sie möchten zahlen?"

Herr Ignaz, ein zierliches Männchen mit eisgrauen Haaren und einem freundlichen Gesicht schien ständig zu frieren. Jedenfalls rieb er sich ununterbrochen die Hände und zog die mageren Schultern unter dem graublauen Kittel hoch, als müsse er sich vor einem kalten Wind schützen.

Oliver, gefolgt von Tina, Tini und Tobbi, schob sich durch die Menge bis an den Ladentisch vor.

„Was kann ich für die jungen Herrschaften tun?" fragte Herr Ignaz freundlich.

„Ich suche ein gebrauchtes Fahrrad – möglichst gut und möglichst billig" antwortete Oliver. „Darf ich mich einmal umsehen?"

„Selbstverständlich, laß dir nur Zeit."

Aus dem hinteren Raum kam ein junger Mann, der ebenfalls einen graublauen Kittel trug und eine gelungene Mischung aus Herrn und Frau Ignaz zu sein schien. Er war schmal und hager wie der alte Mann – wenn auch einen guten Kopf größer – und hatte die gleichen schwarzen Haare und ein Raubvogelgesicht wie Frau Ignaz. Er schob ein Fahrrad, das Oliver auf Anhieb gefiel. Es war ein leichtes Herren-Sportrad, nicht gerade das neueste Modell, aber gut erhalten und sehr gepflegt. Die Lackierung des Gestells – ein elegantes Dunkelblau – war offensichtlich erneuert worden, ebenso die Griffe. Außerdem besaß es ausgezeichnete zweifarbige Reifen.

„Was soll das Rad dort kosten?" fragte Oliver Herrn Ignaz.

Herr Ignaz schaute auf. „Oh, das haben wir gerade erst

hereinbekommen. Ein Junge hat es in Zahlung gegeben, soviel ich weiß. Mein Sohn hat das Geschäft abgewickelt. Einen Augenblick!"

Herr Ignaz ging zu seinem Sohn hinüber und sprach leise mit ihm. Oliver und Tobbi begannen, sich die anderen Fahrräder anzusehen. Tina und Tini beschränkten sich darauf, die Kunden zu beobachten.

Nach einer Weile kehrte Herr Ignaz zum Ladentisch zurück, an dem die beiden Mädchen standen.

„Fünfundsechzig", sagte er und sah sich nach Oliver um.

„Oh!" Tina warf einen fragenden Blick zu Tini. „Ich fürchte, das wird uns zu teuer. Meinem Kusin ist nämlich gestern das Fahrrad gestohlen worden, ein nagelneues Rennrad, verstehen Sie. Jetzt braucht er Ersatz – aber es darf nicht zuviel kosten."

„Gestohlen?" Herr Ignaz sah bestürzt aus.

„Ja. Sagen Sie, hat man noch nie versucht, Ihnen ein gestohlenes Rad zu verkaufen?"

„Nicht, daß ich wüßte. Und wenn ich einen Verdacht hätte, würde ich ihn sofort der Polizei melden. Ich habe mein Geschäft über vierzig Jahre und jeder weiß, daß der alte Ignaz sich nicht auf krumme Geschäfte einläßt. Außerdem kenne ich die meisten meiner Kunden, die Stadt ist nicht groß – ihr seid wohl neu hier?"

„Wir sind auf Besuch bei meinem Kusin."

Ein älterer Herr trat an den Ladentisch und erkundigte sich nach einem neuen Mädchenrad.

„Leider kann ich Ihnen mit fabrikneuen Modellen nicht dienen", sagte Herr Ignaz bedauernd. „Aber wenn Sie sich die Mühe machen wollen – zwei meiner Söhne haben in der Westvorstadt eine Filiale eröffnet, in der sie auch die neuesten Modelle führen."

„Sie haben noch mehr Söhne?" erkundigte sich Tini, nachdem der Herr gegangen war.

*„Ja, hat man noch nie versucht,
Ihnen ein gestohlenes Fahrrad zu verkaufen?“
fragte Tina interessiert*

„Ja, vier", sagte Herr Ignaz stolz. „Gerhard, der Älteste, wird bald den Laden hier übernehmen. Fritz und Karl haben einen neuen Laden eröffnet. Und Rudolf, der Jüngste, geht noch zur Schule. Brave Jungen, alle vier." Herr Ignaz hüstelte gerührt.

„Nun?" Oliver kehrte mit Tobbi an den Ladentisch zurück.

„Zu teuer", sagten Tina und Tini gleichzeitig.

„Fünfundsechzig", setzte Tini hinzu.

„Nun ja – an wieviel hattet ihr denn gedacht?" fragte Herr Ignaz.

„Höchstens fünfzig", sagte Oliver zögernd. „Das Rad gefällt mir – ich habe es mir eben näher angesehen. Ich würde es gern nehmen."

„Ich habe von deinem Pech gehört. Ich könnte dir noch etwas entgegenkommen. Sechzig?"

„Fünfundfünfzig", sagte Tini schnell. „Mehr bringen wir beim besten Willen nicht zusammen, es ist unser ganzes Taschengeld für die Reise – fast unser ganzes."

„Wenn es so ist", Herr Ignaz lächelte. „In Ordnung, fünfundfünfzig."

„Vielen Dank!" Tina strahlte Herrn Ignaz an. „Wo bekommen Sie eigentlich die Räder her, die sie nicht von einem Kunden in Zahlung nehmen?"

„Früher fuhr ich selbst herum, kaufte Gebrauchtware ein oder holte bei den großen Geschäften die Ladenhüter. Auslaufende Modelle, Ausverkaufsware, versteht ihr? Dadurch konnte ich meine Preise immer niedrig halten."

„Sie sagten früher. Und heute?"

„Heute erledigen das meine Söhne", sagte Herr Ignaz stolz. Gute Kaufleute, vor allem der zweite. Ein schönes Gefühl, wenn man sich sorglos zur Ruhe setzen kann."

„Ist das der Älteste?" fragte Tini und wies mit dem Kopf zu dem schwarzhaarigen Jüngling hinüber.

„Nein, das ist Karl. Er bringt mir immer die Ware aus der

Filiale herüber. So – da wäre eure Quittung. Sonst noch Wünsche?"

„Nein, danke. Auf Wiedersehen!"

Oliver schob das eben erworbene Fahrrad auf die Straße, gefolgt von Tina, Tini und Tobbi.

„Nun ja, es ist natürlich nicht zu vergleichen, aber ..."

„Laß nur, du kannst mit dem Kauf zufrieden sein", tröstete Tobbi ihn. Es ist ein sehr ordentliches Rad."

Oliver prüfte den Lauf der Räder und die Bremse und nickte zufrieden.

„Gehen wir gleich zu Frank, um die übrigen Räder für euch zu holen? Dann fahren wir zu Hause bei Gustchen vorbei und fragen sie, ob sie uns ein Picknick herrichtet – und dann auf zum Felsenmeer!"

Frank saß auf seinem Lieblingsplatz auf der Kellertreppe und war mit verbissenem Eifer bemüht, den Rost vom Rahmen eines uralten Fahrrads zu entfernen. Er blickte nur einmal flüchtig auf, nickte Oliver und seinen Gästen zu und konzentrierte sich wieder auf seine Arbeit.

„Jaja, so fängt man immer wieder ganz von vorne an!" seufzte er. „Aber ich habe über zwei tolle neue Erfindungen nachgedacht!"

„Und die wären?" Tina setzte sich neben ihn auf die Stufen, nahm ein Stück Schmirgelpapier und begann ebenfalls, an den verrosteten Stellen zu rubbeln.

„Eine Alarmanlage für Fahrräder, erstens. Man stellt sie ein, wenn man das Rad auf dem Parkplatz oder sonst irgendwo abstellt. Bei der kleinsten Berührung des Rads heult eine Sirene los, so laut, daß der Dieb auf jeden Fall die Flucht ergreift."

„Und wenn jemand zufällig das Rad berührt?"

„Dann hat er Pech gehabt."

„Wo willst du denn eine so große Sirene unterbringen?" fragte Tobbi.

„Das eben ist ein Teil des Problems, das ich noch nicht gelöst habe. Aber keine Sorge, das fällt mir noch ein."

„Und die zweite Erfindung?" fragte Tini neugierig.

„Eine Selbstschuß-Anlage. Wenn jemand versucht das Rad zu stehlen, explodiert mit einem fürchterlichen Kanonenschlag ein Behälter, den man wahlweise mit einem einschläfernden Gas, mit Tomatenketchup oder mit Honig füllen kann. Der Dieb wird von oben bis unten bekleckert und ist so mit sich selbst beschäftigt, daß er das Klauen vergißt."

„Eine sehr menschenfreundliche Erfindung. Und wie soll sich der Apparat einschalten?"

„Wenn der Dieb versucht das Schloß aufzubrechen, löst ein Kontakt die Explosion aus. Der Behälter befindet sich auf dem Gepäckträger, also vermutlich genau vor dem Gesicht des Täters."

„Und wenn du selbst das Schloß aufschließt und den Kontakt auslöst?" fragte Oliver.

„Ah, ja, das ist eine gute Frage. Darüber habe ich noch gar nicht nachgedacht. He!" unterbrach sich Frank. „Was hast du denn da für eine Karre! Ist die neu?"

„Eben bei Herrn Ignaz erworben", erklärte Oliver nicht ohne Stolz. „Zwar ein schwacher Trost für den Verlust meines Super-Renners, aber immerhin."

„Sieht gar nicht so übel aus. Laß mal sehen!"

Frank nahm Oliver das Rad aus der Hand und schwang sich in den Sattel. Auf dem engen Hof drehte er ein paar kunstvolle Runden, probierte die Bremsen und die Klingel aus und befühlte den Druck der Reifen.

„Das hintere Schutzblech klappert ein bißchen, warte, ich ziehe dir die Schrauben an."

Frank wühlte in seiner Werkzeugsammlung, hob abwägend nacheinander mehrere Schraubenzieher in die Höhe, hielt sie prüfend gegen das Licht und befühlte sie mit der Kuppe seines

Zeigefingers. Schließlich hatte er den richtigen gefunden.

„So, dreh die Kiste mal um!"

Oliver gehorchte. Um Sattel und Lenkstangen nicht unnötig zu beschmutzen, stellte er das Rad auf den Rasen neben der Kellertreppe. Frank klopfte gegen das Schutzblech und legte sein Ohr daran, als wolle er eine Geige stimmen.

„Aha!" sagte er bedeutungsvoll und setzte den Schraubenzieher an. Mit wenigen Griffen hatte er die Schraube festgezogen.

„Jetzt noch diese hier. Pah! Total verrostet. Pfusch! Warte, ich spendiere dir eine neue."

Frank suchte mit der gleichen Sorgfalt, mit der er vorher den Schraubenzieher ausgewählt hatte, eine geeignete Schraube aus seiner Sammlung.

„So, die hier wird gut sein. Halt mal das Hinterrad fest!" Frank setzte die Schraube an und zückte den Schraubenzieher. Mitten in der Bewegung erstarrte er und wurde blaß. „Die Römergaleere!" flüsterte er tonlos.

„Was faselst du da? Hast du einen Sonnenstich?" fragte Oliver und schaute den Freund zweifelnd an.

„Die Römergaleere!" wiederholte Frank und grinste nicht besonders intelligent.

Oliver sah die beiden Mädchen ratlos an. „Der spinnt!"

„Kannst du uns nicht mal aufklären, wovon du sprichst?" fragte Tini Frank, der vor dem Rad hockte und fassungslos auf den Reifen starrte.

„Siehst du diese grauen Streifen in dem Gelb? Sie stammen von einem Zusammenstoß mit einem Baum. Als ich einmal vor meinem Rad hockte und die Speichen polierte und dabei über dem Thema für einen Hausaufsatz brütete, kam mir plötzlich die Idee, diese Streifen sähen genau wie die Umrisse einer römischen Galeere aus. Das wurde dann mein Aufsatzthema."

„Ich fürchte, ich kapiere das nicht ganz", sagte Tina. „Wie kommt auf Olivers Reifen deine römische Galeere?"

„Ja, wie wohl?" fragte Frank grinsend. „Es sind meine Reifen. Die Farbe stimmt, die Größe stimmt, die Marke stimmt – aber das alles wäre kein Beweis, es gibt viele von der Sorte. Aber nur einen einzigen, der an der Außenseite eine Schürfstelle in Form einer römischen Galeere hat!"

„Einer römischen Galeere? Mir sieht es eher aus wie ... wie ... na, wie ein Hut mit Fransen", meinte Tina.

„Ist doch egal!" Tobbi war wie elektrisiert. „Begreift ihr denn nicht, was das bedeutet? Wir haben eine Spur! Gestern ist Frank das Rad gestohlen worden – und heute hat Oliver es bei Herrn Ignaz wieder gekauft!"

„Nicht das Rad! Das Rad kenne ich überhaupt nicht. Nur die Reifen", verbesserte Frank. „Aber das genügt ja auch als Beweis. Der Dieb hat aus seiner Sammlung gestohlener Räder eines genommen und ihm meine Reifen aufgezogen. Möglicherweise hat er noch mehr daran verändert. Laß doch mal sehen ..."

Frank zückte den Schraubenzieher und begann, leicht am Lack des Rahmens zu kratzen.

„He, spinnst du? Du ruinierst mir mein neues Fahrrad!" schimpfte Oliver.

„Für die Aufklärung eines Verbrechens ist kein Opfer zu groß", sagte Frank salbungsvoll und trat zurück. „Na? Was sagt ihr?"

„Tatsächlich! Es war vorher ganz anders lackiert", rief Tini erstaunt aus.

„Stand ihm sicher auch nicht schlecht – himbeerrosa-metallic Lackierung. Jetzt müßte man nur wissen, wem ein Rad in solcher Farbe gestohlen worden ist."

Tina kratzte noch ein wenig mehr an der Stelle. Oliver sah es mit Unbehagen.

„Ich mal dir später ein Blümchen über die Stelle“, tröstete sie ihn. „Wenn es dann überhaupt noch nötig ist und nicht alle gestohlenen Fahrräder wieder zu ihren Besitzern zurückgekehrt sind.“

Tobbi rieb sich zufrieden die Hände. „Jetzt brauchen wir also nur noch festzustellen, von wem Herr Ignaz das Rad gekauft hat, und wir haben den Täter.“

„Schön wäre es. Aber ich fürchte, ganz so einfach wird's nicht werden“, meinte Oliver. „Auf jeden Fall dürfen wir keine Zeit verlieren. Freunde – so leid es mir tut –, das Picknick muß verschoben werden. Auf zum alten Ignaz! Kommst du mit, Frank?“

„Blöde Frage! Ist doch klar!“

„Dann beschlagnahme sämtliche fahrbaren Untersätze deiner Familie, damit wir schneller dort sind.“

„Wird gemacht. In zwei Minuten bin ich wieder da.“

„Sag mal, hältst du es für gut, wenn wir bei Herrn Ignaz gleich mit unserem Verdacht rausrücken? Wenn er nun doch etwas damit zu tun hat? Dann ist er sofort gewarnt“, überlegte Tini.

„Kluges Mädchen“, lobte Tobbi sie. „Gut, daß du rechtzeitig daran gedacht hast. Nein, es ist sicher besser, wenn wir unter einem Vorwand nach dem letzten Besitzer fragen. Ist dem alten Ignaz unsere Frage unangenehm, weicht er aus oder erzählt uns Märchen, dann wissen wir, daß er in der Sache drinsteckt. Hilft er uns weiter, können wir sicher sein, daß er keine Ahnung hat.“

„Aber was sagen wir?“

„Laß mich überlegen, bis wir unten sind. Da fällt mir schon was ein.“ Oliver betrachtete prüfend sein neu erworbenes Stahlroß und dachte nach. „Die Werkzeugtasche fehlt und der Gepäckträger ist abmontiert worden – da habe ich schon einen guten Vorwand.“

Als Frank zurückkehrte, wurde er schnell über den neuen Plan informiert.

„Außerdem wird es besser sein, wenn wir nicht alle bei ihm aufkreuzen. Vielleicht ist es nützlich, wenn er sich nicht an alle Gesichter erinnern kann. Ich habe mich lange mit ihm unterhalten, auch Tina, aber Tobbi ist vorhin gar nicht in Erscheinung getreten, er hielt sich die ganze Zeit im Hintergrund. Und Frank war auch nicht dabei", stellte Tini fest.

„Okay. Frank und ich warten draußen. Also los!"

Wenig später standen sie vor dem Geschäft des alten Ignaz.

„Toi, toi, toi!" rief Tobbi Oliver und den Mädchen nach. Der Laden war noch genauso überfüllt wie vorher. Für Herrn Ignaz schienen die Geschäfte immer vortrefflich zu gehen, kein Wunder bei seinem Verständnis für seine junge Kundschaft und der Neigung, mit sich handeln zu lassen.

„Kannst du was sehen?" flüsterte Frank.

„Sie stehen am Ladentisch und verhandeln mit ihm. Jetzt schüttelt er den Kopf."

„Macht er einen erschreckten Eindruck?"

„Nein, überhaupt nicht. Jetzt schreibt er ihnen etwas auf! Sie scheinen Glück zu haben. Achtung, sie kommen wieder raus! Laß uns ein Stück weitergehen."

Tobbi und Frank schoben die Räder bis hinter eine Litfaßsäule und winkten die anderen zu sich herüber.

„Na? Hast du die Adresse?" drängte Tobbi.

„Keine Spur. Herr Ignaz hat das Rad von seinen Söhnen bekommen, die haben es für ein neues in Zahlung genommen. Er hat uns die Adresse seiner Filiale gegeben." Oliver hielt Frank und Tobbi den Zettel unter die Nase.

„Hast du eine Ahnung, wo das ist?" fragte er Frank.

„Klar. Alles mir nach. Es ist eine ganz schöne Strecke bis dorthin."

„Gebrüder Ignaz" stand auf dem modernen Ladenschild in

schwungvollen Goldbuchstaben. Und darunter: „Ihre fachkundigen Berater beim Fahrradkauf".

Auch innen unterschied sich der Laden in allem vom Geschäft des alten Ignaz. Auf blankpolierten Fliesen standen im Scheinwerferlicht die neuesten Modelle zwischen wuchernden Grünpflanzen. An den Wänden hingen Fotos berühmter Radrennfahrer mit Widmungen an die Gebrüder Ignaz. Ein zierlicher Schreibtisch mit Kasse und Telefon vervollständigte die Einrichtung. Die Ware befand sich offenbar in einem Nebenraum, der durch einen halb zur Seite gezogenen Vorhang zu sehen war.

„Sieht eher wie ein Autosalon aus", flüsterte Tina.

„Autosalon? Mich erinnert es an ein Modehaus!" gab Tini zurück. „Allein der schwarz-weiß geflieste Fußboden und die roten Vorhänge!"

„Ja, bitte? Was kann ich für euch tun?"

Das mußte Fritz sein, der dritte Ignaz-Sprößling. Er ähnelte seinem Vater höchstens in der Figur, im übrigen war er mit seinem maßgeschneiderten Anzug, der sorgfältig frisierten schwarzen Lockenmähne und dem öligen Lächeln genau das Gegenteil von dem freundlichen alten Mann.

„Guten Tag, ich . . . äh . . . ich habe nur eine Frage", sagte Oliver mit der Miene eines wohlerzogenen Erstkläßlers. „Ich habe heute morgen bei Ihrem Vater in der Stadt ein gebrauchtes Fahrrad gekauft und er sagte mir, er hätte es von Ihnen . . ."

Ignaz junior zog die Augenbrauen hoch. „Ja und?"

„Ich wollte Sie bitten, mir die Adresse des Vorbesitzers zu geben. Ich möchte gerne Kontakt mit ihm aufnehmen."

„Wieso – ist etwas an dem Rad nicht in Ordnung? Dann werden wir es selbstverständlich kostenlos . . ."

„Nein, nein. Ich habe nur eine Frage an ihn. Es existiert zu diesem Rad ein passender Gepäckträger, der abmontiert worden

„Wieso die Adresse? Ist etwas an dem Fahrrad nicht in Ordnung?“ fragte Herr Ignaz mit öligem Lächeln

ist und noch so ein paar Sachen. Da er doch nun ein neues Rad hat, wollte ich ihn fragen, ob er mir die Sachen nicht überlassen kann – falls er sie noch hat.“

„Ja, Moment mal, das ist doch kein Problem. Sicher finden wir in unserem Lager für dich noch einen passenden Gepäckträger für dein Rad – Dienst am Kunden . . .“, murmelte der junge Herr Ignaz und war so schnell verschwunden, als hätte jemand die Feuerspritze auf ihn gerichtet. Hinter dem Vorhang wurde aufgeregt getuschelt.

Plötzlich erschien der ellenlange Karl Ignaz auf der Bildfläche.

„Da können wir euch leider nicht weiterhelfen“, sagte er,

ohne sich lange bei der Begrüßung aufzuhalten. „Wir haben keine Ahnung, wie der Kunde heißt. Er hat hier ein Rad gekauft und wir haben seines in Zahlung genommen. Er hat die Differenz bezahlt und ist gegangen. Seinen Namen hat er nicht gesagt."

„War es ein Junge? Vielleicht ist er aus meiner Schule?"

„Das glaube ich nicht. Eher ein Student. Tut mir leid."

„Na ja – vielen Dank, war ja nur 'ne Frage. Wiedersehen."

„He? Wolltest du nicht einen Gepäckträger?"

„Das hat Zeit – ich komm dann noch mal vorbei."

Vier Detektive zerbrechen sich den Kopf

„Mann, habe ich einen Hunger!" seufzte Tobbi, als sie die Straße heraufkamen und hinter dem Küchenfenster schon von weitem Gustchens vor Eifer glühendes Gesicht sahen.

Tina hob schnuppernd die Nase. Vielversprechende Düfte – eine Mischung aus Braten, gedünsteten Äpfeln und Kuchen.

„Jetzt weiß ich endlich, was mir die ganze Zeit fehlte!" sagte sie vergnügt. „Dieses eigenartige Bohren in der Magengrube! Es war höchste Zeit, daß wir nach Hause kamen!"

Im Treppenhaus stießen sie mit Pelle zusammen.

„He, da seid ihr ja!" rief er schon von der Treppe. „Stellt euch vor: zwei Fahrraddiebstähle heute morgen! Und um die gleiche Zeit! Einer vor dem Eingang zur Kleingärtner-Kolonie in der Weststadt und einer nicht weit von hier beim Gemüsehändler Krautmann. Ein nagelneues Sportrad – der Junge hatte es gestern zum Geburtstag bekommen! Ist es zu fassen!"

„Und das andere?"

„Erzähl ich euch heute abend. Muß zum Dienst."

Wachtmeister Pelle hüpfte über die Stufen zur Garageneinfahrt hinunter, was bei seiner Körperfülle aussah, als hätte jemand einen Medizinball die Treppe hinunterrollen lassen. Er nahm sein Fahrrad von der Hauswand, winkte den Kindern noch einmal zu und schwang sich in den Sattel.

„Was ist denn das für ein Monstrum? Hat er den einem Cowboy abgenommen?" fragte Tina grinsend.

„Das ist Pelles Spezialsattel", erklärte Oliver. „Er ist besonders weich gepolstert für Pelles überempfindliche Kehrseite, versteht ihr? War ganz schön teuer, das Ding. Sonderanfertigung."

„Daß Pelles Rad noch nicht geklaut worden ist", sagte Tina, „Wo es so einladend an der Hauswand steht!"

„Ein stadtbekanntes Polizistenrad? So blöd ist der Dieb nun auch nicht, daß er sich direkt mit Pelle anlegt."

Oliver wollte gerade die Haustür hinter sich schließen, als sein Vater die Straße heraufkam und schon von weitem winkte.

„Kommt er immer zu Fuß?" fragte Tini.

„Er haßt das Autofahren, er kann sich dabei nicht konzentrieren, sagt er."

Tina lief ihrem Onkel entgegen. „Wie geht es Olivia?" rief sie. „Hat sie schon Junge?"

„Fünf entzückende Kinder, stellt euch vor!" Olivers Vater strahlte. „Und sie ist eine rührende Mutter. Augusta ist nun auch bald soweit. Und dann kommt Marianne."

„Und die hast du alle in deinem Zimmer?"

„Ja, da kann ich sie am besten beobachten."

„Vater schreibt ein Mäusebuch, weißt du", erklärte Oliver.

„Wann darf man den Nachwuchs denn besichtigen?" fragte Tini.

„Heute abend werde ich euch meine Menagerie vorstellen, wenn ihr Lust habt. Aber jetzt laßt uns zum Essen gehen, ich muß gleich wieder ins Institut zurück."

Es war verständlich, daß Gustchen nicht viel Freude hatte, wenn sie nur für Olivers Vater sorgen mußte. Er wußte ihre Kochkünste nicht im geringsten zu schätzen. Hastig stopfte er ein paar Bissen des zarten Schweinebratens in sich hinein, verschmähte die nach Zimt duftenden geschmorten Äpfel, ließ sich zu ein paar Blatt Salat überreden und trank einen schwarzen Kaffee, während Tina, Tini und Tobbi in Schokoladencreme schwelgten. Und schon war er wieder verschwunden.

„Du hast wirklich nicht viel von deinem Vater", sagte Tina kopfschüttelnd. „Hast du ihn jemals länger als eine Viertelstunde gesehen?"

„Nur wenn ich ihm unten bei seinen Tieren helfe. Dann können wir stundenlang miteinander reden."

„Wenn er nur vernünftig essen würde?" murrte Gustchen. „Den ganzen Tag nimmt er sich nicht die Zeit dazu, aber nachts, wenn unsereiner schläft, dann schleicht er in die Küche, streicht sich Brote oder macht sich Spiegeleier!"

„Dafür genießen wir Ihre Kochkunst um so mehr!" Tobbi prostete Gustchen mit seinem Saftglas übermütig zu.

„Ja", sagte sie lachend. „Und über Oliver brauche ich mich da auch nicht zu beklagen. Übrigens – was ist das für ein Fahrrad, mit dem du vorhin gekommen bist? Und wo ist das neue?"

Tina erschrak so, daß ihr der Bissen in die falsche Kehle kam und sie husten mußte.

„Das ist ... das ist ...", stotterte Oliver und seine Stimme kippte in jedem Wort über. „Ich habe es ... also, setz dich bitte mal hin. Was ich dir jetzt sage, ist streng geheim, ja?" Oliver drückte Gustchen auf ihren Stuhl und räusperte sich. „Wir sind hinter einem gewissenlosen Verbrecher her, hm, ja, sozusagen auf einer heißen Spur – wenn man so will, in Zusammenarbeit mit Wachtmeister Pelle."

„Und was hat das mit dem Fahrrad zu tun?“ fragte Gustchen unbeirrt.

„Das, ja – darum geht es ja – das ist gestohlen worden. Am gleichen Tag wie das von Frank.“

„Junge! Das teure Rennrad! Das kann doch nicht dein Ernst sein! Weiß es dein Vater schon?“

„Nein – und ich bitte dich herzlich, vorläufig kein Wort darüber zu sagen! Onkel Pelle und wir – wir finden den Dieb schon.

Gustchen erhob sich kopfschütteln und ging zum Schrank hinüber, um die Platte mit dem Kuchen zu holen.

„Na ja, ich hoffe, ihr wißt, was ihr tut“, sagte sie. „Hier, den habe ich für euch gebacken. Was Süßes regt das Denken an, sagt Pelle immer.“

Seufzend ging sie hinaus.

„Ist sie jetzt böse mit uns?“ erkundigte sich Tina leise.

„Unsinn! Gustchen ist niemals mit jemandem böse. Und mit uns schon gar nicht“, beruhigte Oliver sie. „Sie denkt nur jetzt schon darüber nach, wie sie es meinem Vater schonend beibringt, wenn ich sie darum bitten werde.“

„Machst du das mit schlechten Zensuren auch so, daß du es sie beichten läßt?“ fragte Tina kichernd.

„Klar. Sie hat eine unnachahmliche Art, über mein zu schnelles Wachstum, meine strapazierten Nerven und das mangelnde Familienleben zu sprechen. Danach ist jeder Fünfer verziehen.“

„Kinder, laßt uns zur Sache kommen! Wir haben eine schwere Aufgabe vor uns“, drängte Tobbi. „Ich würde gern mal eure Meinung über euren Besuch bei den Gebrüdern Ignaz hören und wie es nun weitergehen soll.“

„Also, wenn ich ehrlich sein soll“, begann Tini, „besonders symphatisch war mir dieser geschniegelte Herr Ignaz nicht.“

„Nein, wirklich nicht“, bestätigte Tina. „Und ich bin überzeugt, daß er lügt!"

„Das muß man erst mal beweisen", sagte Oliver bedächtig. „Und wie willst du Herrn Ignaz nachweisen, daß er den Verkäufer des Rades kennt? Nehmen wir mal an, er hat dem Jungen, der das alte gegen das neue Rad bei ihm getauscht hat, zehn oder zwanzig Mark gutgeschrieben. Bei so einer kleinen Summe wird er nicht gleich einen schriftlichen Vertrag aufgesetzt haben, oder?"

„Sicher nicht. Aber selbst, wenn er den Namen des Jungen weiß und ihn uns nur nicht verraten will – muß man daraus schließen, daß er was mit dem Diebstahl zu tun hat?" fragte Tobbi. „Vielleicht ging es ihm nur darum, dir einen neuen Gepäckträger und eine Werkzeugtasche zu verkaufen?"

„Ja, der einzige Beweis, der uns weiterhelfen würde, wäre ein weiteres Stück von Franks Rad, das an einem dort im Laden verkauften Stück auftaucht. Denn wenn er mehrere Fahrräder von einem gleichen Mann kauft, kann er nicht mehr behaupten, ihn nicht zu kennen."

„Das heißt also, wir müssen den Laden genau unter die Lupe nehmen. Wir müssen so tun, als interessierten wir uns für ein neues Fahrrad, suchen aber nach einem Beweisstück", schlug Tini vor.

„Ja, und diesmal müssen Frank und Tobbi gehen, sie sind am unverdächtigsten. Außerdem ist vielleicht nur Frank imstande, ein solches Beweisstück zu entdecken."

„Was könnte das sein?" überlegte Oliver. „Wenn ich der Dieb wäre, würde ich vor allem die neuwertigen Teile benutzen, wie er es bei den Reifen ja auch getan hat. Der Lammfellsitz ist zu auffallend, den haben Franks Schwestern zusammengebastelt als Weihnachtsgeschenk. Man sieht ihm die Heimarbeit sofort an. Der Dieb würde also wahrscheinlich . . ."

„Weißt du, was mir gerade auffällt?" unterbrach ihn Tini.

„Wir sprechen immer von einem Dieb. Aber es handelt sich vermutlich um eine ganze Bande!"

„Das kannst du doch gar nicht wissen!"

„Das weiß ich wohl und du wüßtest es auch, wenn du ein bißchen nachgedacht hättest. Hat Pelle nicht vorhin erzählt, es wären zwei Fahrräder zur gleichen Zeit gestohlen worden? Und an ganz entgegengesetzten Orten?"

„Menschenskind, natürlich! Darüber habe ich wirklich noch nicht nachgedacht!" rief Tobbi aus. „Dabei ist es doch ganz logisch: eine wohlorganisierte Bande, die sich gegenseitig die Bälle zuspielt! Einer kundschaftet aus, einer steht Schmiere, ein dritter schafft das Rad weg. Und eine zweite Gruppe treibt das gleiche Spiel an einer anderen Stelle der Stadt."

„Wenn so viele Fahrräder gestohlen werden, muß sich das Geschäft doch lohnen", überlegte Tini weiter. „Das heißt, die Diebe wissen ganz genau, an wen sie die Räder weiterverkaufen können – und das sofort. Sie müssen sie nur soweit unkenntlich machen, daß selbst die Besitzer sie nicht wiedererkennen können."

„Und du meinst, die Gebrüder Ignaz könnten diejenigen sein? Aber sie nehmen solche Fahrräder doch nur im Tausch gegen neue Fahrräder entgegen. Und zahlen bestimmt nicht viel dafür", wandte Tobbi ein.

„Woher willst du das wissen? Vielleicht behaupten sie es nur?"

„Das wäre leicht festzustellen, wenn einer von euch hinginge, um ein neues Rad zu kaufen und sein gebrauchtes in Zahlung gäbe."

„Den Weg könnt ihr euch sparen", sagte Oliver. „Ich habe, als mein Vater mir das Rennrad kaufte, mein altes auch in Zahlung gegeben."

„Nun ja", beharrte Tini auf ihrer Idee, „wenn sie es manchmal tun, ist es doch kein Beweis dafür, daß alle Räder aus solchen Käufen stammen."

„Wir drehen uns im Kreis", seufzte Tina. „Ohne einen echten Beweis sind das doch alles nur wenig stichhaltige Vermutungen. Es ist viel wahrscheinlicher, daß die gestohlene Ware an einem anderen Ort verkauft wird."

„Und Franks Reifen?"

„Ich sage es ja – wir drehen uns im Kreis."

„Und was machen wir nun?"

„Nachforschungen. Frank und Tobbi nehmen den Laden der Gebrüder Ignaz unter die Lupe, wir anderen werden den Sohn des Gemüsehändlers befragen. Vielleicht bringt uns das neue Erkenntnisse", ordnete Oliver an. „Später treffen wir uns im Schwimmbad zur Beratung."

Was bedeutet das Tigerauge?

Die Gemüsehandlung hatte über Mittag geschlossen. Aber hinten im Hof fanden sie Michel, den zehnjährigen Sohn der Krautmanns. Er saß in der Sonne auf dem Mauervorsprung und starrte, den Kopf in die Hände gestützt, vor sich hin. Sein Gesicht war verheult.

Oliver konnte es ihm nachfühlen. „Tag, Michel", sagte er freundlich und schlug dem Jungen kameradschaftlich auf die Schulter. „Alter Leidensgenosse, hat's dich also auch erwischt!"

„Wieso Leidensgenosse?" Michel starrte Oliver verständnislos an.

„Oh, hast du das nicht gewußt? Mein Rennrad ist gestern gestohlen worden!" Olivers Stimme kickste erregt auf und ab. „Und jetzt wollen wir diese hundsgemeinen Diebe fangen. Deshalb sind wir hier. Wir möchten, daß du uns ganz genau sagst, wie sich alles zugetragen hat, ja?"

„Ich habe doch schon alles heute mittag der Polizei erzählt!" Michel schaute zweifelnd zu den beiden Mädchen hinüber. „Glaubt ihr wirklich, daß ihr schlauer seid als die Polizei?"

„Auf jeden Fall haben wir mehr Zeit, uns um die Angelegenheit zu kümmern", sagte Tini. „Also, wie war das mit deinem Rad?"

„Gestern zum Geburtstag habe ich es gerade erst bekommen", Michel stiegen bei der Erinnerung daran sofort wieder die Tränen in die Augen. „Heute morgen waren zwei Freunde von mir da – Christoph und Andreas –, und wir sind alle drei in der Gegend herumgefahren. Dann wollten wir im Garten ein bißchen Fußball spielen und haben die Räder in den Ständer vor dem Laden gestellt."

„Abgeschlossen?" fragte Tina.

„Na ja . . . ich . . . ich hab doch gedacht, meine Eltern sehen den Ständer ja, wenn da jemand kommt . . ."

„War viel Betrieb im Laden?"

„Ja, schon. Um die Zeit ist er meistens voll. Es standen auch 'ne Menge anderer Räder draußen und Kinderwagen und so."

„Mit anderen Worten, der Dieb konnte durch das Ladenfenster sehen, daß deine Eltern beschäftigt waren und seelenruhig mit deinem Rad davonfahren."

„Michel schwieg niedergeschlagen.

„Kannst du mir dein Rad genau beschreiben?" fragte Oliver.

„Wenn du mit nach oben kommst, kann ich dir sogar ein Bild davon zeigen. Es sah genauso aus wie auf dem Titelbild des Prospekts."

„Okay. Kommt ihr mit?"

„Wir warten solange hier unten", sagte Tini. „Sag mal, Michel, war es dieser Ständer?"

„Ja."

„Und wo hat dein Rad gestanden?"

„Ganz außen. Links."

Oliver und Michel verschwanden im Haus und Tini betrachtete die Stelle, an der Michels Rad gestanden haben sollte.

„Was versprichst du dir davon?“ Tina kam herüber und schaute ebenfalls auf den Boden. „Hoffst du, daß er seine Brieftasche verloren hat? Die Spuren können auch von jedem anderen stammen, der dort sein Rad abgestellt hat. Selbst wenn du einen Jackenknopf finden würdest, würde uns das nicht viel nützen.“

„Du hast recht.“

„Warum manche Leute nur überall herumkratzen müssen! Da hat doch einer an dem frischgestrichenen Fahrradständer herumgekritzelt“, sagte Tina kopfschüttelnd und studierte das

„Komisch, die eingeritzten Zeichen ähneln einem magischen Auge!“

merkwürdige Zeichen mit dem T. Wo hatte sie nur das gleiche Zeichen schon einmal gesehen? Sie konnte sich nicht mehr daran erinnern. Jemand hatte es mit dem Taschenmesser eingeritzt, am Boden lagen noch Spuren der frischen Farbe. Es konnte also noch nicht lange her sein. Vielleicht war es Michel oder einer seiner Freunde?

„Sieht aus wie ein magisches Auge, das die bösen Diebe fernhalten soll“, sagte sie. „Wenn es Michel zu diesem Zweck dort eingeritzt hat, hat's jedenfalls nichts geholfen.“

Oliver kam allein zurück.

„Findet ihr den Weg zum Schwimmbad ohne meine Hilfe?“ fragte er. „Ich möchte noch einmal zum Laden des alten Ignaz. Ich komme dann nach.“

„Sollen wir dich nicht begleiten?“

„Nein, nein, wenn ich allein bin, ist es unauffälliger.“

„Was hast du vor? fragte Tina.

„Nachmittags ist der alte Ignaz manchmal nicht im Geschäft. Wenn das der Fall ist, werde ich mich mal ein bißchen unter den Gebrauchträdern umsehen. Nur so, für alle Fälle.“

„Wie das blinde Huhn, das sich darauf verläßt, auch mal ein Korn zu finden“, spottete Tini.

„Nun, Franks Reifen waren doch schon so ein Korn. Um nicht zu sagen: ein fetter Brocken. Vielleicht habe ich Glück.“

Die beiden Mädchen gingen in die entgegengesetzte Richtung. Auf dem Weg zum Hallenbad kamen sie an dem Haus vorbei, in dem Frank und seine Familie wohnten. Marlene saß mit einem Buch auf dem Schoß auf dem Balkon und döste vor sich hin.

„He, fall nicht runter!“ rief Tina.

„Wo wollt ihr denn hin?“

„Ins Hallenbad!“

„Ihr könnt ruhig die Fahrräder nehmen. Wir brauchen sie heute nicht mehr.“

„Wirklich? Prima! Tausend Dank!"

„Sie stehen noch im Hof, wo ihr sie vorhin abgestellt habt."

„Hoffentlich!" flüsterte Tini.

„Eigentlich riesig nett von den Mädchen, daß sie uns die ganze Zeit ihre Fahrräder überlassen", meinte Tina, als sie auf dem Weg ins Hallenbad waren. „Wenn ich nur wüßte, wie wir uns bei ihnen bedanken können. Mit Schokolade? Das ist so langweilig – es müßte etwas Originelles sein."

„Du! Da hab ich eine tolle Idee!" Tini stoppte scharf. „Wir sind doch heute morgen an einem Eisenwarengeschäft vorbeigekommen, erinnerst du dich?"

„Ja."

„Hast du Geld bei dir?"

„Ja – was hast du vor?"

„Das wirst du gleich sehen."

Tini holte ihr Portemonnaie heraus und zählte nach, wie hoch ihr Kapital noch war.

„Mit deinem zusammen müßte es reichen. Zu Hause im Koffer habe ich noch eine Reserve für den Rest der Ferien."

Bald darauf hielten sie vor dem Eisenwarengeschäft.

„Bleib du hier und paß auf die Räder auf", sagte Tini, „ich bin gleich wieder da."

Tina beobachtete durch das Schaufenster, wie Tini alle möglichen Dinge begutachtete, die ihr der Verkäufer zeigte. Was es war, konnte sie nicht erkennen. Nach einer Weile kam die Freundin mit einer Tüte aus dem Laden.

„Na?" Tina drängte neugierig näher.

Tini ließ sie einen Blick in die Tüte werfen.

„Was soll denn das?" fragte Tina verständnislos.

„Eine Kuhkette. Und das größte Vorhängeschloß, das es gab. Damit können sie ihre Räder zu zweit oder zu dritt zusammenketten. Die schleppt ihnen bestimmt niemand mehr weg!"

Tina kicherte. „Tolle Idee! Die werden Augen machen!"

Im Fahrradkeller des Hallenbads angekommen, probierten sie die neue Methode sofort aus. Der Keller war überfüllt, nur die hintersten Plätze – dort, wo gestern Franks Rad verschwunden war – waren noch nicht belegt.

Tini zog die schwere Kette durch die Rahmen der beiden Fahrräder und hängte das Schloß daran.

„Na, das soll erst mal jemand versuchen! Es müßte schon ein Zauberkünstler sein, der die Kette sprengt!" meinte sie lachend. „Wenn Oliver, Tobbi und Frank kommen, werden wir ihre Räder mit an die Kette legen. Die werden staunen!"

„He, schau dir das an!"

Tina zeigte auf die weißgetünchte Wand. Genau vor ihnen war das merkwürdige Auge in die Wand geritzt, das sie schon vorhin vor dem Laden des Gemüsehändlers gesehen hatten.

„Muß irgendein Spiel sein, das wir nicht kennen."

„Schon möglich. Nun komm."

Das Schwimmbecken schien heute Treffpunkt sämtlicher Kinder der Stadt zu sein, man konnte sich kaum vorwärts bewegen, ohne von oben, unten, rechts oder links getreten oder geschlagen zu werden.

Nachdem Tina und Tini ein paarmal durchs Becken geschwommen waren, nahmen sie ihre Handtücher und suchten sich auf einer der breiten Marmorstufen, die rings um den Raum anstiegen, einen ruhigen Liegeplatz.

Es dauerte nicht lange, da bekamen sie Gesellschaft. Vier halbwüchsige Jungen, der älteste mochte achtzehn sein, legten sich neben sie. Tina schaute Tini an und zog angewidert die Nase kraus. Das waren genau die Typen, die einem auf den Wecker gehen konnten, laut und von sich eingenommen. Tina schloß die Augen und tat, als wenn sie schlief. Tini beobachtete scheinbar interessiert die Turmspringer.

Die Jungen blödelten herum, schlugen mit den Handtüchern aufeinander ein und grölten laut. Ein Schwarzhaariger mit einer wilden Lockenmähne und einem hübschen Puppengesicht schien der Anführer zu sein. Jetzt stand er auf, sprang in ein paar Sätzen zum Turm hinüber, kletterte auf das Dreimeterbrett und versuchte einen Salto. Wie ein Felsbrocken knallte er ins Wasser, alles um ihn herum flüchtete. Seine Kumpane applaudierten und brüllten laut. Mit lässigem Hüftschwung kletterte der Jüngling aus dem Becken.

„Noch mal, Rudi!" rief einer seiner Freunde.

Aber Rudi winkte gelangweilt ab. Federnd sprang er die Stufen hoch und legte sich neben Tina auf den Bauch. Tina blinzelte. Sollte sie die Flucht ergreifen oder so tun, als merke sie es nicht?

Noch ehe sie zu einem Entschluß kam, wurde ihre Neugier durch etwas anderes geweckt. Der Junge, den sie Rudi nannten, trug eine silberne Kette mit einem Anhänger um den Hals. Und dieser Anhänger zeigte genau das Zeichen, das ihr nun schon dreimal aufgefallen war – wenn sie sich auch nicht mehr erinnern konnte, wo sie es zum erstenmal gesehen hatte. Ein silbernes Auge mit einem grünen Stein als Pupille. Und auf der unteren Kante ein T.

Tina setzte sich mit einem Ruck auf. Der Sache wollte sie auf den Grund gehen. Geziert schüttelte sie ihre kurzen schwarzen Locken und blinzelte zu dem Jungen hinunter. Der grinste breit zurück. Seine Freunde pfiffen durch die Zähne und steckten kichernd die Köpfe zusammen. Tini schaute verwundert auf die Freundin. Was hatte sie vor?

„Tag", sagte Rudi. „bist du neu hier? Ich hab dich noch nie gesehen."

„Ich bin nur zu Besuch hier. Bei meinem Onkel, für die Osterferien. Mit meiner Freundin." Tina schaute zu Tini hinüber und blinzelte ihr zu. Hatte sie immer noch nicht kapiert?

„Na und? Gefällt's dir bei uns?" Rudi lachte wohlgefällig.

„So ’n schönes Schwimmbad habt ihr nicht zu Hause, wetten?“

„Da hast du recht. Wir wohnen auf dem Land.“

„Wie heißt ’n du?“

„Tina. Und du?“

„Rudolf.“

Rudis Freunde schoben sich neugierig näher. Erwartungsvoll schauten sie von Rudi zu den beiden Mädchen.

„Das sind Ralph, Egon und Leo“, stellte Rudi vor.

Erst jetzt sah Tina, daß auch die anderen Jungen die Kette mit dem unheimlichen Auge trugen. Tini mußte es im gleichen Augenblick bemerkt haben, denn sie rückte näher und stellte sich den Jungen vor. Dann kam sie ohne Umschweife zur Sache.

„Was habt ihr da für tolle Ketten? Schick!“ schmeichelte Tini. „Wo bekommt man so was?“

„Gar nicht“, sagte Egon von oben herab. „Das ist nur für Auserwählte.“

„Aha. Und ihr seid auserwählt? Von wem denn?“

„Von uns selber“, erklärte Leo und griente, wobei er ein paar häßliche Zahnlücken entblößte.

„Seid ihr so was wie ein Verein?“ fragte Tina.

„So könnte man es nennen.“

„Laßt mich raten“, flötete Tini neckisch. „Judo? Jiu-Jitsu? Oder vielleicht Boxen?“

„Von allem etwas. Wir betreiben so ’ne Art . . . na, so ’ne Art Bewegungsspiele“, Rudi sah seinen Kumpanen bedeutungsvoll in die Augen. „Es ist ein Geheimbündnis sozusagen.“

„Ein Geheimbündnis? Wie interessant!“ Tina warf Rudi schmachtende Blicke zu. „So richtig mit geheimen Riten, wie bei den Indianern oder so?“

„Hm – auch das? Ralph kicherte.

„Und was bedeutet das Auge mit dem T darunter?“

„Das ist ein Tigerauge. T bedeutet Tiger.“

„Kann man nicht mal bei so 'ner Geheimsitzung dabeisein?" fragte Tini.

„Tut mir leid. Da sind nur Mitglieder zugelassen. Ihr müßtet erst eine halbjährige Probezeit durchmachen", erklärte Egon hochmütig. „Und so lange seid ihr ja gar nicht hier."

„Nein, leider. Schade!"

„Geht ihr noch zur Schule?" erkundigte sich Tina.

„Ralph und ich, ja. Die anderen sind schon in der Lehre", antwortete Rudi. „Die haben's gut."

„Warum? Gehst du nicht gern in die Schule?"

Rudi schüttelte heftig den Kopf. „Ist doch Mist. Immer abhängig von den Alten. Ich würde lieber Geld verdienen."

„Aber du . . .", fing Leo an, verstummte aber sofort, als Rudi ihn warnend ansah.

„Wir gehören einem Geheimbündnis an!" prahlten die Jungen

„Gibt dein Vater dir so wenig Taschengeld?" fragte Tini mitleidig.

„Mein Vater ist der größte Geizhals der Stadt, wenn's um Taschengeld geht. Dabei ist er stinkreich. Also, wenn ihr die Absicht haben solltet, uns zu einem Eis einzuladen – es wird uns ein Vergnügen sein!"

„Tut mir leid, wir sind total pleite", sagte Tina und setzte ihr charmantestes Lächeln auf. „Aber wie wäre es denn umgekehrt?"

„Ich bin erkannt!" seufzte Rudi in komischer Verzweiflung. „Also gut – seid heute abend um sieben am Rathausbrunnen. Dann werden wir unsere Bekanntschaft feiern, daß die Balken sich biegen!" sagte er großspurig.

„Wenn unser Onkel es erlaubt. Aber jetzt müssen wir gehen", sagte Tini geziert. „Bis dann."

Die Jungen vom Geheimbund

Sie trafen Tobbi, Oliver und Frank im Fahrradkeller. Die drei Jungen standen quietschend und wiehernd vor Vergnügen um die zusammengeketteten Räder der beiden Mädchen.

„Großartig!" kickste Oliver. „Einfach phänomenal!"

„Sicher Tinis Idee!" rief Tobbi dazwischen. „Ihr könnt sagen was ihr wollt, das Mädchen besitzt geistige Größe!"

„Oh, danke für das Kompliment!" rief Tini aus dem Hintergrund.

„He? Wollt ihr schon gehen?" fragte Oliver. „Wir sind doch noch gar nicht geschwommen!"

„Ich lechze nach einem Bad!" stöhnte Frank.

„Wie wäre es, wenn ihr uns zuliebe darauf verzichtet und mit uns kommt? Das Schwimmbad ist ohnehin total überfüllt, ihr werdet kaum ein freies Plätzchen im Wasser finden", erklärte Tina. „Laßt uns lieber ein Eis essen gehen, dann könnt ihr uns berichten, was ihr entdeckt habt."

„Okay, wenn's sein muß", sagte Frank gedehnt. „Und wo gehen wir hin?"

„Wie wär's mit dem kleinen Kaffee im Schloßpark? Ich muß unbedingt noch die restlichen Eissorten probieren."

„Der Besuch hat immer recht. Also kommt, Leute!" Oliver hob sein Fahrrad wieder aus dem Ständer und beobachtete schmunzelnd, wie Tini das schwere Vorhängeschloß und die Kuhkette von den Rädern der beiden Mädchen entfernte. „Die Idee ist Gold wert! Nachher lasse ich mich von euch auch an die Kette legen."

Im Park war es angenehm kühl. Die kräftige Frühlingssonne hatte das Wachstum der Blätter beschleunigt und die Bäume gaben schon ein wenig Schatten. In den Zweigen ging ein leiser Wind.

Tina, Tini und die drei Jungen mieden die belebten Hauptwege und schlugen den kleinen Pfad ein, der unterhalb der Mauer entlangführte. Sie jagten sich um die mächtigen Pfeiler herum, versteckten sich in den dunklen Höhlen, lachten und tobten wie die kleinen Kinder.

Tina rannte voraus und rief den weit hinter ihr zurückgebliebenen Jungen zu: „Wer zuerst am Café ist, braucht heute nicht zu bezahlen!"

Sofort setzte ein Sturm auf den ersten Platz ein. Mit großen Schritten stürmten die anderen hinter Tina her. Fast hatten sie sie erreicht, da blieb Tina abrupt stehen. Oliver konnte ihr im letzten Augenblick noch ausweichen, um einen schmerzhaften Zusammenstoß zu entgehen.

„He, spinnst du? Was ist los?"

„Mir ist gerade etwas eingefallen. Geht schon mal weiter."

„Wir denken ja nicht daran. Was ist dir eingefallen?"

„Wo ich das Tigerauge zum erstenmal gesehen habe! Es war hier in einer der Höhlen – die dort, die mit einer Tür verschlossen ist.“

„Das Tigerauge? Was für ’n Tigerauge?“ fragte Frank.

Tini grinste. „Tja, da staunt ihr, was? Ganz neu in der Stadt und wissen schon besser Bescheid als ihr. Es gibt eine Bande, so ’ne Art Geheimbund von Jungen, ein bißchen älter als ihr. Deren Erkennungszeichen ist das Tigerauge. Wir haben heute mit ihnen Bekanntschaft geschlossen. Scheint so eine Sport- und Spielgemeinschaft zu sein, wie Pfadfinder oder so was.“

„Ob die hier ihren Versammlungsort haben?“ Tina war zu der geheimnisvollen Tür gegangen und rüttelte an dem Knauf über dem großen Schlüsselloch.“

„Hier? Das glaube ich nicht. Hier bewahrt die Schloßverwaltung Streusand für den Winter auf, wenn es Glatteis gibt. Oder so was Ähnliches“, meinte Oliver.

„Fragen wir doch einfach mal den Gärtner dort drüben“, schlug Tobbi vor.

Tina lief zu dem Mann hinüber, der mit schläfrig langsamen Bewegungen Laub auf dem Weg zusammenharkte.

„Entschuldigen Sie bitte, können Sie mir sagen, was in der Höhle dort ist?“ fragte sie höflich.

„Dort?“ Der Gärtner schaute in die angegebene Richtung. „Ach, der Verschlag da. Das war früher mal ’n Geräteschuppen. Jetzt haben wir einen ganz modernen, da drüben, siehst du, da haben auch die Maschinen Platz. Wird ja heute viel mehr maschinell gemacht als früher.“

„Und die Höhle dort ist ganz unbenutzt?“

„Ja. Weiß nicht mal, ob noch ein Schlüssel für die Tür existiert. Wird wahrscheinlich schon eingerostet sein.“

„Danke schön!“

„Was hast du denn geglaubt, was da drin ist?“ fragte der Gärtner lachend. „Ein wildes Tier?“

„Hm, so was Ähnliches", sagte Tina verschmitzt. „Ein Tiger."

Als Tina zu den anderen zurückkehrte, legte Tini den Finger auf den Mund.

„Pssst! Seid doch mal still! Ich glaube, ich höre Stimmen da drinnen." Sie drückte das Ohr gegen die schwere Holztür und lauschte.

Tina folgte ihr. Dann schüttelte sie den Kopf. „Kein Mucks. Das hast du dir sicher nur eingebildet. Schade, vielleicht hätten wir Rudi und seine Kumpane bei einer Geheimsitzung belauschen können. Aber die sind ja jetzt im Schwimmbad."

„Kriegen wir nun endlich unser Eis?" drängte Oliver. „So interessant sind eure Tigerleute nun auch wieder nicht!"

„Trotzdem würde ich gern wissen, warum das Tigerauge hier auf der Tür ist", sagte Tina im Weitergehen. „Vielleicht verrät der schöne Rudi es mir noch."

„Der schöne Rudi, wenn ich das schon höre!" sagte Tobbi spöttisch. „Kann mir schon vorstellen, was das für ein Angeber ist!"

Tina und Tini sahen sich an und grienten.

Sie erreichten das Café und fanden in einer Nische Platz. Die Kellnerin nahm die Bestellung entgegen und brachte gleich darauf fünf große Becher Eiscreme.

„Na, schießt los, was habt ihr bei eurem Besuch rausbekommen?" fragte Tina, nachdem der erste Hunger gestillt war.

„Nicht viel", murmelte Frank und leckte inbrünstig an einem großen Löffel Mokka-Eis.

„Wir haben getan, als interessierten wir uns für ein Fahrrad und könnten uns nur nicht entschließen, ob es ein neues oder ein gebrauchtes sein sollte. Auf diese Weise haben wir die Ware bei den Gebrüdern Ignaz ziemlich genau unter die Lupe genommen." Tobbi legte seine Stirn in Denkfalten.

„Ja und?“

„Weißt du, es ist sehr schwer zu beurteilen, ob ein frisch lackiertes und überholtes Rad nun gestohlen oder gekauft worden ist. Wenn man die Räder vorher nicht gekannt hat.“

„Von Frank war nichts dabei?“

„Nein.“

„Und sonst ist euch nichts aufgefallen?“

„Nein – abgesehen davon, daß ein Zwilling von Olivers Rad im Schaufenster stand. Mit einem Schild ‚frisch eingetroffen – neuestes Modell‘. Ich habe es mir sehr genau angesehen. Aber es war wirklich neu.“

„Mein Rad war auch nagelneu“, empörte sich Oliver. „Allenfalls die Reifen waren leicht angeschmutzt! Ich bin ja noch kaum damit gefahren!“

„Sicher, aber es gibt noch mehr von der Sorte. Du kannst nicht hingehen und behaupten: das ist mein Rad!“ sagte Frank achselzuckend.

„Wißt ihr, was mir aufgefallen ist? Daß die Gebrüder Ignaz in ihrem Laden kaum bekannte Markenfahrräder führen, sondern vor allem Marken, von denen man noch nie was gehört hat. ‚Abdullah‘ oder ‚Ali Baba‘ und ‚Leviathan‘ oder ‚Emu‘.“

„Und? Hast du sie danach gefragt?“

„Ja. Unser geschniegelter Ignaz junior meinte, sie hätten eben besonders gute Beziehungen zu einigen Firmen aus dem Orient. Von dorther beziehen sie die meisten ihrer Räder.“

„Diese Namen sind mir übrigens auch an den Gebrauchträdern aufgefallen“, meinte Oliver. „Wenn sie überhaupt Typenbezeichnungen tragen, was oft nicht der Fall ist. Übrigens habe ich heute den ältesten Ignaz-Sohn noch einmal gefragt, wie sie die günstigen Preise zustande bringen. Er hat mir erklärt, sie kauften viele Ladenhüter bei großen Firmen auf. Und wenn mal jemand Konkurs gemacht habe – ein Laden pleite gegangen ist –, dann wären sie sofort zur Stelle und kauften die Bestände zu Spottpreisen auf."

„Das mag ja alles ganz interessant sein", seufzte Tina, „aber unseren Fahrraddieben bringt uns das keinen Schritt näher. Hat irgend jemand von euch die leiseste Ahnung, wie wir unseren Dieb ausfindig machen können?"

Die anderen schwiegen betreten. Es war völlig klar: Solange man nicht wenigstens einige der Fahrräder, die bei der Familie Ignaz zum Verkauf standen, als gestohlen identifizieren konnte, kam man keinen Schritt weiter. Hier konnte nur ein glücklicher Zufall helfen.

„Und wenn wir es nun doch mit einer Falle versuchen?" fragte Tini.

„Wie denn? Willst du dir ein neues Rad kaufen und es tagelang als Lockvogel in die Gegend stellen und es selbst aus sicherer Entfernung beobachten? Selbst wenn es dann geklaut wird, weil du es so einladend und nicht abgeschlossen stehengelassen hast, ist das ein Beweis, daß der Dieb auch die anderen Fahrräder gestohlen hat? Vielleicht hat er nur die gute Gelegenheit wahrgenommen", meinte Tobbi.

„Ich dachte eher daran, daß man das Rad irgendwie bezeichnet, so daß man es nach einem Diebstahl identifizieren kann, wenn es zum Kauf angeboten wird."

Oliver lachte gequält auf. „Und dann hast du das Glück, daß dein teures Stahlroß fünfhundert Kilometer weiter in einer anderen Stadt verkauft wird, und du wartest darauf, bis du grau und schwarz wirst!"

„Hm. Na, vergiß es. War wohl nicht so gut."

„Übrigens habe ich da was gehört", sagte Oliver. „Ignaz' Ältester telefonierte, als ich in den Laden kam, und sagte später leise zu seiner Mutter: Ich bleibe heute abend hier, Fritz bringt neue Ware."

„Du meinst, man sollte den Laden morgen noch mal unter

die Lupe nehmen?"

„Ich weiß, es ist nicht sehr vielversprechend."

„Immerhin, Franks Reifen . . ."

„An Franks Reifen können wir uns bald aufhängen, wenn sie unser einziges Beweisstück bleiben", knurrte Tobbi.

„Was ist eigentlich mit den anderen Fahrradgeschäften in der Stadt?" fragte Tina.

„Die können wir vergessen. Zwei sind Abteilungen innerhalb großer Warenhäuser, eines gehört zu einem Autohändler, er führt nur eine einzige Marke, die beiden anderen sind auch Markengeschäfte, die nicht mit gebrauchten Fahrrädern handeln."

„Hm, das ist wirklich nicht viel", stöhnte Tini. „Alles, was wir wissen ist, daß es eine Bande von Fahrraddieben in dieser Stadt gibt und daß sich das Geschäft offensichtlich lohnt. Wohin sie weiterverkaufen bleibt ein Rätsel."

Tina haute grimmig mit der Faust auf den Tisch, daß Teller, Gläser und Löffel klirrend in die Höhe hüpften.

„Wär doch gelacht, wenn wir dieses Rätsel nicht lösen würden!"

Es begann bereits dunkel zu werden, als sie den Heimweg antraten.

„Armer Rudi, er wird leider vergeblich auf uns warten", kicherte Tina. „Mein Bedarf an Eiscreme und Limo ist für heute gedeckt."

„Ihr habt euch mit den Kerlen verabredet?" fragte Tobbi entsetzt.

„Keine Sorge, wir haben schon vorgesorgt. Unser gestrenger Onkel erlaubt es nicht, daß wir so spät abends noch Verabredungen haben!"

„Das möchte ich euch aber auch geraten haben!"

„Püh, hör dir doch den Angeber an! Der bildet sich wirklich ein, er müßte auf uns aufpassen!" stichelte Tina.

„Du kannst ja allein auf dich achten", sagte Tobbi steif. „Aber Tinis Mutter gegenüber habe ich eine Verantwortung."

„Pssst, bleibt mal stehen!" flüsterte Tini. „Seht mal da!"

Etwa hundert Meter vor ihnen kamen ein paar Jungs aus einer Höhle. Im Dämmerlich waren sie kaum zu erkennen. Jeder schob ein Fahrrad neben sich her. Einer nach dem anderen schwang sich in den Sattel, dann fuhren sie mit hoher Geschwindigkeit davon.

„Das muß die Höhle mit der Tür sein – also doch eine Geheimsitzung der Tigerbande! Was die wohl beredet haben?" überlegte Tina.

„Bestimmt, wie sie euch beide heute abend um euer letztes Taschengeld prellen können, indem sie sich alle von euch ins Kino einladen lassen", spottete Oliver.

„Sie betreiben alle möglichen Sportarten, haben sie erzählt. Judo und so", verteidigte sich Tina.

„Bewegungsspiele", fügte Tini hinzu. „Was das wohl ist?"

Plötzlich schlichen ein paar Jungen aus der Höhle, schwangen sich auf ihre Räder und sausten davon

„Sie werden um Geld pokern", meinte Frank achselzuckend, „vielleicht spielen sie auch Räuber und Gendarm oder Himmel und Hölle."

„Du meinst Räuber und Prinzessin!" Oliver sah Tina beziehungsvoll an.

„Nun laßt mich doch in Ruhe! Ich habe mit denen gar nichts im Sinn!" maulte Tina. „Sie lagen nur zufällig im Schwimmbad neben uns, und da fiel uns das Abzeichen auf, das sie alle um den Hals trugen. Ich habe sie gefragt, was es bedeutet, das war alles."

„Und woher wußtest du, daß hier am Eingang zur Höhle das gleiche Zeichen eingeritzt ist?" erkundigte sich Tobbi.

„Ich habe es zufällig entdeckt, als wir das erste Mal hier vorbeikamen. Da habe ich mir noch nichts dabei gedacht. Aber als ich es heute mittag vor Krautmanns Laden auf dem Fahrradständer wieder sah, und dann noch einmal auf der Wand im Fahrradkeller, da habe ich mir überlegt, was das wohl bedeuten soll, und . . ."

„Und prompt fällt dir des Rätsels Lösung in den Schoß. In Gestalt des schönen Rudi und seiner Freunde", neckte Frank sie. „Wenn es uns mit den Fahrraddieben doch auch so ginge!"

„Sag mal – wo sagtest du, hast du das Zeichen noch gesehen, bei Krautmanns vor dem Laden?" fragte Tobbi lauernd.

„Ja. Tini und ich untersuchten den Boden an der Stelle, von der Michels Rad verschwunden war. Hätte doch sein können, daß der Dieb was verloren hat."

„Und wo hast du das Tigerauge entdeckt?"

„Genau darüber – in das Fahrradgestell eingeritzt. Es war noch ganz frisch. Auf dem Boden darunter lagen Krümel der Farbe."

„Hm – und im Fahrradkeller? Wo war es da?"

„An der Wand, hinter dem Fahrradständer."

„Hinten in der Ecke, aus der gestern Franks Rad verschwand?“

„Ja, genau da.“

„Freunde, bei mir klingelt was! Zwar noch ganz leise und zart, aber vielleicht hört es einer von euch auch?“

„O ja, ich weiß, worauf du hinauswillst!“ sagte Tini wie elektrisiert. „Der Gedanke ist geradezu abenteuerlich!“

„Hat einer von euch eine Taschenlampe bei sich?“

„Nein.“

„Wozu brauchst du eine Taschenlampe? Du hast doch einen Scheinwerfer an deinem Rad?“ fragte Oliver verständnislos.

„Der wird mir nicht viel nützen.“

„Was hast du vor?“

„Ich möchte die Stelle, von der gestern dein Rad verschwunden ist, ein wenig genauer unter die Lupe nehmen.“

„Und was hoffst du da zu finden?“

„Ein Tigerauge.“

Wachtmeister Pelle ist sauer

Natürlich war es vollkommen unmöglich, ohne Taschenlampe den Parkplatz nach einem Geheimzeichen abzusuchen. Sie gaben das Vorhaben bald auf und beschlossen, gleich am nächsten Tag die Suche fortzusetzen.

Tina, Tini, Tobbi und Oliver begleiteten Frank bis vor sein Haus, halfen ihm, die Räder in den Keller zu tragen, und machten sich auf den Heimweg.

Gustchen lehnte im Küchenfenster und winkte ihnen heftig zu, schnell heraufzukommen.

„Was ist los, du siehst ja ganz verstört aus?“ fragte Oliver und legte seinen Arm um ihre Schulter.

Gustchen sah voller Verzweiflung zu ihm auf. „Es ist etwas Schreckliches passiert!“ flüsterte sie.

„Doch nichts mit Vater?“ fragte Oliver erschrocken.

„Nein, nein, es . . .“

„Olivia hat ihre Kinder gefressen!“

„Unsinn. Es ist etwas mit Wachtmeister Pelle!“

„Ist er von einem Gauner angeschossen worden?“ fragte Tobbi.

„Viel schlimmer!“

„Tot?“ hauchte Tina atemlos.

„Sein Spezial-Fahrradsitz ist gestohlen worden!“

„Waas? Onkel Pelles heißgeliebter Sattel – das gibt's doch nicht!“

„Doch, doch. Was glaubt ihr, was hier los war, als er heute abend kam!“

„Ist es hier auf dem Hof passiert?“ fragte Tini.

„Nein, vor der Hauptpost. Pelle hat ein Päckchen an seine Mutter aufgeben wollen, ein paar Ostereier und etwas Selbstgebackenes von mir. Und als er zurückkam, war der Sitz verschwunden. Einfach abgeschraubt!“

„Mann, muß Pelle gekocht haben“, sagte Oliver.

„Er kocht noch“, sagte Gustchen ängstlich. „Geht ihm bloß aus dem Wege!“

„Komisch, ausgerechnet Pelles Spezialsattel, das verstehe ich eigentlich nicht“, meinte Tini.

„Wieso? Der Sattel war doch sehr wertvoll?“

„Ja, aber jeder in der Stadt kennt ihn. Nun, vielleicht nicht jeder“, räumte Tini ein, „aber es gibt keinen zweiten von der Sorte. Der Dieb muß doch befürchten, daß der Sattel ihn verrät!“

„Da hast du recht. Einen Sattel von der Größe könnte man nicht derart verändern, daß er nicht mehr zu erkennen wäre“, bestätigte Tina. „Das war ja schon ein halber Reitsattel!“

„Vielleicht möchte ihn jemand für sein Pony", meinte Oliver grinsend, „oder als Melkschemel."

„Nun kommt erst mal essen", sagte Gustchen. „Der Tisch ist längst gedeckt. Ihr müßt doch ganz verhungert sein."

„Es geht so. Wir haben uns mit ein paar Portionen Eis über Wasser gehalten. Hm, sieht das wieder lecker aus! Schinkenröllchen und gefüllte Eier!" Oliver griff schon im Stehen nach einem der appetitlich-rosigen Röllchen und erntete einen Klaps auf die Finger.

„Du bist weder zu klein, um nicht zu wissen, daß man das nicht tut, noch zu groß für einen Klaps!" sagte Gustchen streng. „Setz dich!"

Tina, Tini und Tobbi kicherten. Oliver mußte mitansehen, wie Gustchen betont langsam erst den Gästen die Teller vollpackte, dann durfte er sich bedienen.

„Ordnung muß sein", sagte Gustchen ruhig.

„Hört mal, da kommt Pelle aus seinem Zimmer!" Oliver wollte aufspringen und hinauslaufen, aber Gustchen hielt ihn fest.

„Warte lieber noch, bis er sich beruhigt hat."

„Seine Schritte klingen noch ziemlich wütend", meinte Tina. „Und ich habe Wachtmeister Pelle für so einen gemütlichen Menschen gehalten!"

„Meistens ist er das auch, aber . . ."

Weiter kam Gustchen nicht. Die Tür wurde heftig aufgerissen und das puterrote Gesicht von Pelle tauchte auf.

„Ich geh noch mal weg!" schnauzte er.

„Onkel Pelle, ich . . ."

„Red mich nicht an, ich bin sauer", knurrte Pelle Oliver an. „Ich zerreiße jeden in der Luft, der mich heute anredet. Ich könnte mit dem Kopf die Wände einrennen", keuchte er. „Ja, das könnte ich!" Er schnaufte wie ein Walroß. „Wenn meine Skatbrüder anrufen, ich bin heute verhindert – dienstlich. Ich rühre keine Karte an, ehe ich dem Kerl nicht alle Knochen im Leib gebrochen habe!" Damit knallte er die Tür zu.

„Hui!" stöhnte Tina. „Vor Pelle rettet einen heute nur volle Deckung."

„Der arme Kerl!" Gustchen stand auf und stellte auf ein Tablett Geschirr, Brot, Butter und Aufschnitt für Olivers Vater, um es ihm ins Labor hinunterzubringen.

Kaum war sie draußen, steckten die vier Kinder die Köpfe zusammen.

„Wißt ihr was? Ich glaube, hier muß schnell gehandelt werden", sagte Tini.

„Und an was hast du gedacht?"

„An einen kleinen Abendspaziergang in den Schloßpark, mit einer starken Taschenlampe."

„Sollen wir Frank mitnehmen?"

„Nein, laß uns allein gehen. Je mehr wir sind, desto leichter fallen wir auf. Und die Räder lassen wir auch lieber im Keller. Laufen ist gesund", setzte sie hinzu, als sie Tobbis langes Gesicht sah.

„Du meinst, wir sollen die Höhle noch mal unter die Lupe nehmen?"

„Zunächst mal wollen wir feststellen, ob unser Verdacht, die Tigerbande hätte etwas damit zu tun, sich auch bestätigt – durch ein Zeichen an der Stelle, wo gestern noch Olivers Rad stand. Dann sehen wir weiter."

Gustchen wunderte sich zwar, daß ihre Schützlinge noch einmal zu einem kleinen Abendspaziergang aufbrachen, wie sie sagten, wandte sich dann aber sofort wieder ihrem Kuchenteig zu und war so beschäftigt, daß sie gar nicht bemerkte, wie Oliver die große Taschenlampe aus dem Besenschrank holte.

Zu Fuß ging man gute zwanzig Minuten zum Schloßpark. Gespenstisch hoben sich die Mauern und Türme des alten Schlosses gegen den dunklen Himmel ab. In den Bäumen kreischte ein Nachtvogel.

„Hier ist es!“ flüsterte Oliver. „Ist die Luft rein?“

Atemlos lauschten sie in die Stille.

„Kein Mensch weit und breit“, sagte Tina, „du kannst anfangen.“

Oliver ließ die Taschenlampe aufflammen und untersuchte Zentimeter für Zentimeter den Boden und die Umgebung der Stelle, von der sein Rennrad verschwunden war.

„Ich kann nichts finden.“

„He! Leuchte mal den Baum dort an!“ zischte Tini erregt.

„Tatsächlich!“ Oliver ließ den Strahl der Lampe am Baum emporklettern. Der Lichtkegel traf genau auf das Tigerauge, das – halb unter einem Zweig verborgen – auf die Stelle zu blicken schien, an der das Rad gestanden hatte.

„Jetzt gibt es keinen Zweifel mehr!“ sagte Tobbi. „Mach das Licht aus, wir haben genug gesehen.“

„Und nun?“ fragte Tina.

„Nun schleichen wir zur Höhle. Vielleicht bringt uns das zu neuen Erkenntnissen. Seid leise und bleibt immer mal stehen, damit wir hören, wenn sich einer aus der Bande nähert!“ befahl Tobbi. „Sollte mich nicht wundern, wenn sie sich erst abends treffen, wenn kein Mensch mehr im Schloßpark ist.“

Im Gänsemarsch machten sie sich auf den Weg. Der Park wirkte unheimlich im Stockfinstern, in den Büschen raschelte es, irgendwo in der Nähe schrien zwei Kater und stürzten sich fauchend aufeinander. Tina und Tini hielten sich an den Händen und drückten sich eng aneinander, so fühlten sie sich sicherer. Oliver und Tobbi gingen voraus, mit den Füßen tasteten sie nach dem Weg, der Kies knirschte unter ihren Sohlen.

„Vorsicht! Hier kommt die Treppe!“ raunte Oliver.

„Laßt uns seitlich vom Weg auf dem Rasen gehen“, schlug Tini vor, „dann hört man unsere Schritte nicht!“

„Da vorne ist es schon! Kommt rüber an die Mauer", flüsterte Tobbi. „Von dort aus schleichen wir uns langsam heran."

Nacheinander überquerten sie den Kiesweg und drückten sich eng an die rauhen Steine.

„Pssst! Hört doch mal!"

Von unten her näherten sich Schritte. Auf der Treppe erschien ein kleiner Lichtkegel, der zwei Füße in Turnschuhen beleuchtete, sonst war nichts zu erkennen. Die Gestalt lief schnell zum Eingang der Höhle hinüber und verharrte dort. Tina, Tini, Tobbi und Oliver hielten den Atem an.

Eine ganze Weile dauerte es, bis sich etwas rührte. Der Junge dort drüben wollte ganz sicher sein, daß niemand in der Nähe war.

Plötzlich flammte das Licht auf. Nur für den Bruchteil einer Sekunde, aber Tini und Tobbi, die am nächsten standen, erkannten einen Arm, eine Hand, die sich suchend nach oben streckte und hinter einem vorspringenden Mauerstück einen Schlüssel hervorholte. Dann war es wieder dunkel, man hörte das Geräusch des Schlüssels im Schloß, die Tür öffnete sich und im schwachen Lichtschein, der aus dem Innenraum drang, sahen sie, wie der Junge den Schlüssel wieder in sein Versteck zurücklegte. Dann verschwand er in der Höhle.

„Mir scheint, das ist unser Glückstag!" flüsterte Tobbi. „Gehen wir mal näher ran. Aber einer muß unten Schmiere stehen, falls noch mehr von der Bande auftauchen!"

„Okay, das mach ich", erklärte Oliver. „Ich kann fauchen und jaulen wie eine Katze. Das werdet ihr bestimmt nicht überhören. Ich verstecke mich unten neben der Treppe."

Gebückt schlich er davon. Tina, Tini und Tobbi warteten noch eine Weile, dann schoben sie sich näher an den Eingang der Höhle heran. Hinter der dem Eingang am nächsten liegenden Säule fanden sie genügend Deckung.

Aus der Höhle drang das Gemurmel vieler Stimmen.

„Sie scheinen alle versammelt zu sein", raunte Tini. „Komm!"

Sie zog Tina mit sich fort zur Tür. Tobbi blieb zurück, um ihnen notfalls ihren Rückzug zu decken und um die Verbindung mit Oliver nicht zu verlieren.

Tini preßte ihr Ohr dicht an das Holz der Tür und gab Tini ein Zeichen, das gleiche zu tun. Drinnen wurde heftig gestritten. Über ihrem Ärger vergaßen die Jungen alle Vorsicht und sprachen laut, statt wie sonst zu flüstern.

„Du Idiot! Kapierst du denn immer noch nicht! Du verrätst unsere ganze Sache! Wenn wir Pech haben, ist das das Ende für uns alle! Und warum? Nur weil du dich nicht beherrschen kannst und so einen Blödsinn machst!"

„Aber ich wollte doch nur . . .", verteidigte sich ein anderer.

„Weiß ich. Aber du hast ja kein Hirn im Kopf! Nicht für fünf Pfennig Grips im Schädel! Wer bei uns mitmachen will, muß denken können! Muß sich eine Sache mit allen Folgen bis zu Ende überlegen können! Und vor allem darf er nichts ohne die Gemeinschaft unternehmen – einfach so, auf eigene Faust, zum Privatvergnügen!"

„Hast du eine Ahnung, wovon die reden?" flüsterte Tina.

„Keine Spur. Sei still, vielleicht kriegen wir's noch raus!"

Eine Weile hörte man nur unverständliches Gemurmel. Den Mädchen brannten die Ohren, so sehr preßten sie sie gegen die harte Tür.

„Was willst du denn jetzt damit machen? Einfach hier rumliegen lassen?" fragte eine schrille Stimme.

„Mit nach Hause nehmen! Als so 'ne Art Trophäe, hab ich mir gedacht. Deshalb hab ich ja überhaupt . . ."

„Kommt nicht in Frage!" schnitt ihm jemand das Wort ab. „Womöglich noch an die Wand hängen? Um damit anzugeben? Das hätte uns gerade noch gefehlt! Uns ruinieren,

Den Freundinnen brannten schon die Ohren, so sehr preßten sie diese gegen die harte Tür, um zu lauschen

was! Was waren wir bloß für Idioten, dich bei uns aufzunehmen! Bei uns herrscht Disziplin, verstanden? Nur wenn wir eiserne Disziplin bewahren, können wir Erfolg haben und jederzeit sicher sein. Du bringst das Ding sofort zurück, verstanden?"

„Zurück? Du spinnst wohl! Wie soll ich das denn machen?"

„Egal! Wir wollen es hier nicht haben."

„Schmeiß es doch in den Fluß!" schlug ein anderer vor.

„Keine schlechte Idee. Also gut. Noch heute nacht. Von der alten Brücke. – Geh ganz in die Mitte, wo der Fluß am tiefsten ist."

„Von der alten Brücke? Da ist doch die ganze Nacht Betrieb!"

„Ach so, die Baustelle, ja. Warte mal, das geht nicht."

„Warum nicht einfach in den Schloßgraben?" fragte ein anderer. „Unterhalb der Zugbrücke ist meterdicker Schlamm. Kein Mensch zieht jemals wieder was da raus!"

„Ja, das ist gut. Da sieht dich niemand. Aber paß auf, daß das Ding auch wirklich versackt und nicht mehr zu sehen ist, verstanden?"

„Verstanden, Rudi."

Tina stieß Tini in die Seite. Der schöne Rudi war also Anführer der Bande!

„Wir werden uns ein paar Tage ganz ruhig verhalten müssen. Es darf keine Zwischenfälle geben, klar? Wir werden in aller Ruhe die nächste Ware fertigmachen und liefern, damit haben wir noch genug zu tun. Morgen abend will ich euch vollzählig hier sehen – und keine Extratouren, wenn ich bitten darf. So etwas darf nie wieder vorkommen. Ach ja, noch was. Ralph, notier dir mal diese Adresse. Dahin ist heute ein fabrikneuer F 75 geliefert worden. Behalte die Leute im Auge!"

„Ist gut, Rudi."

Tini stieß Tina an. „Komm, wir haben genug gehört. Laß uns abhauen!"

„Ja, die Versammlung ist sicher gleich beendet."

Die beiden Mädchen lösten sich von der Tür, schlichen zu Tobbi und gaben ihm ein Zeichen, den Rückweg anzutreten. Kaum näherten sie sich der Treppe, als es im Gebüsch fürchterlich zu fauchen begann. Tina, Tini und Tobbi erstarrten und lauschten ins Dunkel. Nach einer Weile gingen sie weiter. Sofort begann das Fauchen von neuem.

„He, Oliver, hör auf, wir sind es doch!" flüsterte Tina.

„Ach so", kam es gedehnt aus den Büschen.

„Schnell, sie kommen!" Tini bemerkte, wie oben am Eingang

zur Höhle Unruhe entstand.

Geduckt schlichen sie davon, suchten hinter einem dichten Gebüsch Schutz und ließen die Jungen an sich vorbeigehen.

„Sollen wir noch mal zur Höhle hinaufgehen?“ flüsterte Tobbi, als wieder Ruhe eingekehrt war.

„Nein. Woher willst du wissen, ob nicht noch jemand oben ist? Morgen treffen sie sich erst abends wieder. Da haben wir vorher Zeit genug“, sagte Tini. „Da werden wir uns in aller Ruhe umschauen.“

Abenteuerliche Entdeckungen

„Nun erzählt schon! Was habt ihr gehört?“ drängte Oliver, als sie in Sicherheit waren.

„Hm, ja, was eigentlich?“ Tina zog die Stirn kraus.

„Na, erlaube mal“, sagte Tobbi empört, „ihr habt doch stundenlang gelauscht! Was gibt's denn da lange zu überlegen?“

„Sie haben sich gestritten“, berichtete Tini, „genauer gesagt, sie haben einen runtergeputzt wegen irgendwas, womit er die ganze Gruppe in Gefahr gebracht hat. Der schöne Rudi scheint der Anführer zu sein, jedenfalls hat er furchtbar geschwollen geredet, so von wegen Disziplin und zusammenhalten und so. Und sie könnten nur intelligente Mitglieder gebrauchen.“

„Und was war das, womit er die anderen in Gefahr gebracht hat?“ fragte Oliver.

„Das haben sie nicht gesagt. Warte mal. ‚Willst du dir das Ding etwa als Trophäe an die Wand hängen, um damit anzugeben‘, hat er gesagt. Und dann hat er ihm befohlen, es heute nacht im Schloßgraben zu versenken. Genau unter der Zugbrücke.“

„Ja, und dann haben sie noch davon gesprochen, daß sie sich die nächsten Tage ganz ruhig verhalten müssen, damit es keine Zwischenfälle gibt. Und daß sie in aller Ruhe die nächste Ware fertigmachen und liefern wollen“, erzählte Tina.

„Da war doch noch was am Schluß? Laß mich mal überlegen – ach ja! Rudi hat zu Ralph gesagt, er solle sich mal eine Adresse notieren, da wäre gerade ein fabrikneues – hm, dann kam irgend 'ne Zahl – geliefert worden. Er solle die Leute im Auge behalten.“ Tini seufzte. „Ziemlich geheimnisvoll das Ganze.“

„Macht nichts. Morgen werden wir uns dieses ‚Warenlager‘ mal von nahem ansehen. Gleich nach dem Frühstück.“

Ein wenig Lampenfieber hatten sie doch, als sie so am hellen Tag losmarschierten, um in die Höhle des Löwen, genauer gesagt: in die Höhle des Tigers, einzudringen.

Tobbi hatte es diesmal übernommen, draußen Schmiere zu stehen.

„Was machen wir, wenn der Schlüssel nicht in seinem Versteck ist?“ fragte Tina und hoffte im stillen, es wäre so, und das Unternehmen müßte abgeblasen werden.

„Darüber zerbrechen wir uns erst den Kopf, wenn es nötig ist“, sagte Oliver. „Da sind wir. Gehen wir ein Stück weiter, bis der Gärtner dort außer Sicht ist.

„Hört mal, seht ihr die große Buche dort neben der Treppe? Dort werde ich mich verstecken“, flüsterte Tobbi. „Von dort aus kann ich das ganze Gelände überblicken.“

Kaum war der Gärtner außer Sicht, kletterte Tobbi in den Baum. Er verschwand zwischen den Blättern und war nach ein paar Metern so gut verborgen, daß ihn selbst die Freunde nicht mehr entdecken konnten. Mit dem Ruf eines Kuckucks gab er ihnen zu verstehen, daß die Luft rein sei.

„Okay, es kann losgehen. Schnell!“ kommandierte Oliver.

In wenigen Sätzen waren sie am Eingang der Höhle und Tini tastete nach dem Schlüssel. Triumphierend hielt sie ihn den anderen vor die Nase.

„Warte!“ flüsterte Tina und legte zur Vorsicht noch einmal das Ohr an die Tür. Hatte sich da drinnen nicht etwas gerührt? Nein, alles blieb still.

„Schließ auf!“

Tür und Schloß waren gut geölt, kein Knarren, kein Quietschen verriet die ungeladenen Gäste. Hastig legte Tini den Schlüssel zurück ins Versteck. Drinnen war es dunkel. Der Raum besaß zwar ein winziges Fenster, aber es war so mit Efeu überwachsen und außerdem mit einem Tuch verhüllt, daß kaum Licht hereindrang. Tina zerrte an dem Stoff, und im Dämmerlicht erkannten sie nun, daß dies so eine Art Versammlungsraum sein mußte. In der Mitte standen zwei große Kisten, die offensichtlich als Tisch dienten, denn auf ihnen häuften sich leere Limonadenflaschen und Pappbecher. Daneben stand eine rußige Petroleumlampe. Rundherum waren ein Dutzend kleinerer Kisten und Blechtonnen verteilt, die wohl als Sitzgelegenheiten gedacht waren. Der ganze Raum war so harmlos unverfänglich, daß Tina und Tini sich enttäuscht ansahen. Sollten sie doch auf einer falschen Fährte sein? Oder befand sich etwa das „Warenlager“ der Bande an einem anderen Ort?

Frank kramte in seiner Hosentasche nach Streichhölzern und zündete die Lampe an. Dann begann er, die Wände abzuleuchten. Der größte Teil der Fläche war mit Postern beklebt, dazwischen hingen Fotos von Filmschönheiten und berühmten Sportlern, Jahrmarkt-Preise von Papierblumen bis hin zu einer Puppe mit blonden Haaren und ein Kalender.

„Laß mal sehen!“ Tini ging neugierig näher heran, in der Hoffnung, irgendwelche Eintragungen von Bedeutung darauf zu finden. Aber außer Kreuzchen und Kringeln und hin und wieder einem Ausrufezeichen war nichts zu entdecken.

Der Schrank daneben zog ihre Aufmerksamkeit auf sich. Er war nicht besonders tief, besaß ein paar Bretter, auf denen Zeitungen und Illustrierte lagen, die meisten der Regale waren leer.

„Vielleicht in den Zeitungen?“ Tina nahm die oberste aus dem Fach und schlug sie auf. „Vielleicht haben sie Annoncen angestrichen oder was ausgeschnitten.“

„Möglich.“ Frank nahm die nächste Zeitung und schlug sie ebenfalls auf. Dabei kam der ganze Stapel ins Rutschen und fiel zu Boden.

„Mist!“ Tini bückte sich, um die fliegenden Blätter wieder einzusammeln. Plötzlich stutzte sie. An der Rückwand des Schranks – unterhalb des Brettes, auf dem die Zeitungen gelegen hatten – befand sich ein Türgriff!

„Achtung, erschreckt nicht!“ sagte Tini und drückte die Klinke.

Die Schranktür gab nach und führte in einen zweiten Raum, der mindestens doppelt so groß sein mußte wie der erste. Aus mehreren verglasten Öffnungen in der Decke fiel Licht herein – grünes Licht, vermutlich waren die kleinen Fenster von Sträuchern überwuchert oder mit Zweigen getarnt worden.

„Menschenskind, da reißt's dich doch vom Stuhl!“ ächzte Frank.

„Ich werd' zur Schnecke, sieh dir das an!“ Oliver stürzte vor und wußte nicht, wohin er sich zuerst wenden sollte.

Sie standen in einer perfekt eingerichteten Werkstatt. An den Wänden hingen Fahrradrahmen, Räder und Reifen und sämtliche Einzelteile, die man zum Bau eines Fahrrads brauchte. Daneben standen Farbtöpfe, Flaschen mit allen möglichen Flüssigkeiten, Spritzvorrichtungen, Kästchen und Kisten mit Werkzeug, Schrauben und Ersatzteilen. In einem Schrank an der Wand entdeckten sie Schablonen für die

Den Jungen gingen die Augen über, denn sie standen plötzlich in einer perfekt eingerichteten Werkstatt

Namen der angeblich orientalischen Markenfabrikate, Leder und Stoff für Bezüge der Sitze, Birnen für die Scheinwerfer, Klingeln, Rennketten und Tretlager – den beiden Jungen gingen die Augen über!

„Sollte nicht einer von uns draußen Wache halten?" fragte Tina ängstlich, als sie sah, wie selbstvergessen die beiden Jungen in all den Herrlichkeiten wühlten.

„Klar, mach das mal!" sagte Oliver und hob eine nagelneue Rennschaltung hoch.

Tina ging nach draußen. Sie hatte kaum den vorderen Raum betreten, als sie Tobbis dreifachen Kuckucksruf hörte, das Zeichen höchster Gefahr.

„Alarm!" zischte Tina. „Versteckt euch!"

Hastig schloß sie die Schranktür und sah sich um. Wo konnte sie sich verbergen? Der Vorhang! Tina machte sich schmal wie eine Schlange und zog den Stoff über sich.

Draußen hörte sie Schritte. Himmel – die Lampe! Tina stürzte vor und blies sie aus. Wie das qualmte! Es half alles nichts, sie mußte sich schleunigst verstecken.

Jetzt bewegte sich der Schlüssel im Schloß. Leise öffnete sich die Tür, das Vorderteil eines Fahrrads wurde sichtbar, dann erschien Ralphs Kopf. Tina hielt den Atem an. Ralph schnupperte. Leise zog er die Tür hinter sich zu und ging zum Schrank.

„Rudi, bist du noch da?" rief er durch die Schranktür. „Scheint schon weg zu sein, schade." Er lachte gickernd vor sich hin. „Na, der wird Augen machen! Das Heldenstück muß ich ihm unbedingt gleich erzählen!"

Ralph öffnete die Schranktür und schob das Fahrrad in die Werkstatt. Ohne sich weiter umzusehen, stellte er es an der Wand ab und ging wieder hinaus. Tina atmete auf. Ralph stellte sich an die Tür und lauschte eine ganze Weile nach draußen, bis er sicher war, daß er ungesehen die Höhle verlassen konnte. Lautlos wie eine Katze schob er sich durch den Türspalt und schloß die Tür von außen ab.

Tina rutschte das Herz bis in die Kniekehlen. Wenn Tobbi nun nicht gesehen hatte, daß die Tür verschlossen wurde und ahnungslos draußen auf sie wartete? Dann wären sie möglicherweise stundenlang hier eingeschlossen! Kein sehr beruhigender Gedanke!

Tina verließ ihr Versteck hinter dem Vorhang und ging zu den anderen in die Werkstatt.

„Die Luft ist rein, ihr könnt wieder rauskommen!" flüsterte sie.

Hinter Kisten und Kartons versteckt krochen Tini und die beiden Jungen hervor, voller Staub, Öl- und Farbflecken.

„Uff! Das ist noch mal gutgegangen! Jetzt aber nichts wie weg hier!" stöhnte Oliver.

Frank hatte sich dem Fahrrad zugewandt, das Ralph eben in

der Werkstatt abgestellt hatte. Prüfend fuhr er über die Lenkstange.

„Donnerwetter! Seht euch das mal an! Das ist von oben bis unten mit Dreck bekleckert. Vorn hat er zwei bunte Plastiktüten angehängt und hinten auf den Gepäckträger einen alten Sack gehängt! So macht er das also. Er verkleidet die Räder erst, bevor er sie klaut!"

Oliver rieb ein wenig von dem Dreck herunter. „Ein nagelneues Sportrad – das stelle sich einer mal vor!"

„Tatsächlich! Fabrikneu! Wo er das wohl her hat?"

Oliver hob den Sack vom Gepäckträger, stutzte und lachte. „Dieser Spitzbube! Seht mal das da, dann wißt ihr, wo er das Rad mitgenommen hat!"

Tini hob den Pappzettel, der am Gepäckträger des Fahrrads befestigt war, an und studierte ihn.

„Expreßgut. Hm, Bahnfracht! Er muß es direkt vom Bahnhof mitgenommen haben!"

„Genau. Wahrscheinlich hat er das Entladen des Packwagens beobachtet und gesehen, wie die Bahnbeamten durch irgend etwas abgelenkt waren. Seine Ausrüstung, eine Tüte voll Dreck und weißer Kalkfarbe und einen alten Sack, hatte er bei sich – und schwupp war das Rad entführt!"

„Sieh mal, was ich hier entdeckt habe!" Oliver hielt Frank einen zottigen braunen Gegenstand vor die Nase.

„Mein Lammfellsitz! Nein, nur der Überzug, den Sitz haben die Halunken wohl schon verarbeitet!"

„Laßt uns gehen!" drängte Tini. „Wir haben doch wirklich genug gesehen!"

„Ja – erst können vor Lachen!" spottete Tina. „Der liebe Ralph hat uns nämlich eingeschlossen. Wenn Tobbi das nicht rechtzeitig bemerkt hat, sitzen wir in der Falle!"

„Erst mal raus hier! Hinterlaßt alles so, wie ihr es vorgefunden habt!" kommandierte Oliver.

Frank ließ blitzschnell den Lammfellüberzug seines Sitzes in der Hosentasche verschwinden. Dann überlegte er es sich anders. Vielleicht würde gerade dieses Stückchen Fell zur Überführung der Täter benötigt!

Sorgfältig wurde die Schranktür wieder verschlossen. Dann trat Tina an das kleine Fenster, so daß sie mit dem Mund fast die Scheibe berührte und ahmte einen Kuckuck nach.

„Durch das geschlossene Fenster wird es nicht zu hören sein", meinte Tini. „Ob wir die Scheibe ein bißchen beschädigen? Nur ein kleines Loch würde doch genügen."

„Pssst!"

Draußen nahm jemand den Schlüssel aus dem Versteck, steckte ihn ins Schloß und drehte ihn vorsichtig um.

Tina, Tini, Oliver und Frank erstarrten. Hilfesuchend schauten sie sich nach einem Versteck um. Tina flüchtete hinter den Vorhang, Tini duckte sich hinter die Schranktür und die beiden Jungen warfen sich hinter der großen Kiste flach auf den Boden.

Unendlich langsam wurde die Tür geöffnet. „Grrrrrauuuuoo", knurrte es, dann kicherte jemand hemmungslos.

„Tobbi!"

„Haha, habt ihr eine schöne Gänsehaut bekommen?" Tobbi öffnete die Tür weit und ließ die unfreiwilligen Höhlenbewohner ins Freie. Dann verschloß er die Tür sorgfältig wieder und legte den Schlüssel an seinen Platz.

„Bloß weg hier!" stöhnte Tina. „Für heute reicht mir die Gänsehaut!"

„Auf den Erfolg hin lade ich euch alle ins Café zu einem Frühschoppen ein", lachte Frank erleichtert. „Bestehend aus einer Eisschokolade und einer großen Schinkensemmel!"

„Wie war's denn? Erzählt doch mal!" fragte Tobbi ungeduldig.

„Erst mußt du ganz fest auf deinen vier Buchstaben sitzen – möglichst mit dem Rücken gegen eine feste Wand", sagte Tina kichernd. „Wenn du hörst, was wir alles entdeckt haben, haut es dich nämlich garantiert vom Stuhl!"

„Habt ihr Pelles Spezialsitz gefunden?"

„Das ist so ziemlich das einzige, was wir nicht gefunden haben", sagte Tini. „Aber ich habe so eine Ahnung, wo er steckt. Armer Pelle!"

„Wo denn? Nun sag schon!"

„Erinnerst du dich nicht: gestern abend – der Streit um die Trophäe? Ich möchte wetten, daß es sich dabei um Pelles Spezialsattel gehandelt hat!"

„Ja! Wir waren so erstaunt, daß der Dieb etwas mitgenommen haben sollte, womit man ihn leicht überführen kann!"

„Himmel! Wenn Pelle seinen Sitz wiedersieht, nachdem man ihn aus dem Morast gezogen hat, bekommt er den nächsten Wutanfall!" prustete Tobbi los. „Wir müssen es ihm sehr schonend beibringen!"

Die Verfolgungsjagd

Gestärkt durch den von Frank spendierten Frühschoppen suchten sie Wachtmeister Pelle auf. Sie fanden ihn hinter seinem Schreibtisch im Polizeirevier. Seine Wut mußte sich gelegt haben, denn er nahm mit Engelsgeduld das Protokoll einer alten Dame auf, die vom Hund ihres Hauswirts gebissen worden war und Anzeige erstatten wollte, sich aber ständig widersprach und immer neue Versionen ihrer Geschichte auftischte. Zwischendurch würzte sie ihren Bericht mit ähnlichen Erlebnissen aus ihrem Bekannten- und Verwandtenkreis.

Oliver trat in das Zimmer, in dem außerdem zwei weitere Beamte saßen. Er winkte Pelle zu, der sofort erleichtert aufsprang, als hätte er nur auf diese Gelegenheit gewartet.

„Schulze, bitte übernehmen Sie die Dame, ich bin gleich zurück", sagte er und zog Oliver mit sich ins Nebenzimmer.

Oliver winkte den anderen, mitzukommen.

Wachtmeister Pelle wischte sich den Schweiß von der Stirn und grinste Oliver an. „Junge, da hast du direkt ein gutes Werk getan. Ich war nahe daran zu platzen! Na, was gibt's, was kann ich für euch tun?"

„Wir haben eine große Bitte an dich, Onkel Pelle", begann Oliver feierlich.

„Ja und? Die wäre?"

„Wir möchten, daß du dir heute abend für uns Zeit nimmst."

„Oh! Wollt ihr ein kleines Fest veranstalten?"

„So könnte man's auch nennen. Zunächst aber handelt es sich um einen kleinen Spaziergang. Wir möchten dir etwas zeigen, was dich vielleicht auf die Spur der Fahrraddiebe bringt."

„Ihr habt eine Spur? Wirklich?" fragte Pelle wie elektrisiert. „Erzähl!"

„Da ist eigentlich nichts zu erzählen. Wir müssen es Ihnen zeigen", sagte Tobbi schnell.

Wachtmeister Pelle schaute prüfend von einem zum anderen. Dann lachte er laut auf. „Kapiert. Ihr habt Angst, daß ich euch bei der Jagd nach den Dieben zu Hause lassen könnte und mit meinen Leuten die Spur selbst aufnehmen möchte, stimmt's?"

„Na ja." Oliver schaute die anderen an. Tina, Tini und Tobbi machten die harmlosesten Gesichter der Welt. „Es ist nur wegen . . . Also, kommst du?"

„Und ob ich komme! Um wieviel Uhr?"

„Sagen wir so gegen sieben, okay?"

„In Ordnung. Holt mich oben in meinem Zimmer ab. Bis dann!"

„Das hat geklappt!" seufzte Oliver erleichtert, als Pelle in sein Büro zurückgekehrt war. „Einen Augenblick befürchtete ich schon, er würde nicht ruhen, bis er alles, was wir wissen, aus uns herausgelockt hätte. Er kann manchmal sehr beharrlich sein!"

Die Stunden bis zum Abend zogen sich in die Länge wie weichgekochter Schweizer Käse, sie schienen überhaupt nicht herumgehen zu wollen. Immer wieder schaute der eine oder andere auf seine Uhr, prüfte nach, ob sie nicht vielleicht stehengeblieben war, oder fragte die anderen nach der genauen Zeit.

Was sie auch taten, nichts konnte sie von dem Gedanken an den Abend ablenken. Nicht das köstliche Hühnerfrikassee, das Gustchen gezaubert hatte, nicht das aufregendste Mensch-ärgere-Dich-nicht-Spiel und schon gar nicht der traurige Anblick von Pelles Fahrrad, das ohne Sitz im Hof an der Wand lehnte und aussah, als schäme es sich seiner Nacktheit.

Endlich begann es, dunkel zu werden! Da keiner von ihnen es fertigbrachte, beim Abendbrot auch nur einen Bissen zu essen, weihten sie Gustchen schließlich doch in ihr Vorhaben ein. Wachtmeister Pelle würde ja dabeisein, sie brauchte sich also nicht zu sorgen.

Punkt sieben Uhr klopften sie an Pelles Tür, ausgerüstet mit zwei Taschenlampen und einer Vogelstimmenpfeife, an den Füßen Turnschuhe, um sich besser anschleichen zu können.

„Na, dann kann's ja losgehen. Ich bin gespannt, wo ihr mich hinführen werdet. Ist es weit?" fragte Pelle, der nicht besonders gern zu Fuß ging.

„Nur bis zum Schloßpark", sagte Tini leichthin und lächelte ihn aufmunternd an.

Pelle seufzte, sagte aber nichts.

Schweigend machten sie sich auf den Weg. Tina fühlte sich, als hätte sie Grashüpfer zum Abendbrot gegessen. In ihrem Bauch kribbelte und zwickte es vor lauter Aufregung. Würde es klappen? Würden sie die Tigerbande überraschen und festnehmen? Vielleicht hätten sie Pelle doch lieber sagen sollen, was ihn erwartete. Dann hätte er noch ein oder zwei Polizisten zur Verstärkung mitgenommen.

„Halt!“ kommandierte Oliver. „Von jetzt an müssen wir darauf achten, daß wir kein Geräusch machen. Wenn jemand kommt: sofort volle Deckung!“

„Du machst es ja spannend!“ flüsterte Pelle kopfschüttelnd. Er bekam langsam den Eindruck, er solle hier bei einer Art Räuber-und-Gendarm-Spiel mitmachen.

Ungesehen kamen sie bis an den Anfang der Treppe. Hier gingen sie für eine Weile in Deckung. Tobbi wurde ausgeschickt zu erkunden, wie viele von der Bande oben schon versammelt seien. Tina war mit der Vogelpfeife weiter unten am Weg zurückgeblieben, um ihn zu warnen, wenn sich jemand näherte. Aber es blieb ruhig.

Nach einer Weile kehrte Tobbi zurück und drückte sich an Olivers Seite.

„Das können längst noch nicht alle sein“, flüsterte er. „Ich habe vier oder fünf Stimmen erkannt.“

„Vielleicht sind noch ein paar in der Werkstatt? Na gut, warten wir noch ein bißchen.“

Vom unteren Park her erklang der Ruf einer Nachtigall. Tini kicherte. Nachtigall im April! Offensichtlich kannten sich die Mitglieder der Tigerbande nicht so gut in Vogelstimmen aus. In so kühlen Nächten wäre jeder Nachtigall das Lied in der Kehle gefroren.

Kurz darauf hörten sie Schritte. Jemand ging dicht an ihnen vorbei zur Höhle, verharrte eine Weile regungslos, tastete nach dem Schlüssel, schloß auf, legte den Schlüssel wieder zurück und drückte sich durch den Türspalt.

„Warum sie sich wohl nicht durch Klopfzeichen verständigen", raunte Frank Tini ins Ohr.

„Ich denke, weil sie sich meistens in der Werkstatt aufhalten und ein Klopfzeichen nicht hören würden. Der Schlüssel ist so gut versteckt, daß ihn wirklich nur Eingeweihte finden können."

„Und was passiert jetzt?" fragte Pelle Oliver. Die unbequeme Stellung, in der er sich befand, begann ihn zu ermüden.

„Wir warten noch."

Oliver hatte kaum ausgesprochen, als ein neuer Nachtigallenruf erklang. Sekunden später hörten sie das Scharren vieler Füße und leises Gemurmel. Tobbi zählte die dunklen Gestalten, die sich schwach gegen den Himmel abhoben.

„Sechs sind es – das dürften jetzt alle sein!"

Sie warteten, bis die sechs Gestalten in der Höhle verschwunden waren, dann setzten sie zum Sturm auf die Festung an. Erst jetzt verriet Oliver Pelle, was sie in der Höhle gefunden hatten.

„Tina hat es gestern entdeckt", flüsterte er. „Die Tür trägt das Zeichen, das wir überall dort, wo ein Fahrrad gestohlen wurde, eingeritzt fanden: ein Tigerauge! Wir haben die Bande gestern abend belauscht und gehört, wie sie sich für heute abend verabredet haben. Heute morgen haben wir dann die Höhle untersucht. Es ist eine perfekte Werkstatt darin zum Umrüsten geklauter Räder."

Pelle hatte nicht viel Zeit, über die sensationellen Nachrichten nachzudenken. Tobbi war bis zur Tür vorgedrungen und lauschte.

„Los, Jungs, an die Arbeit, Ralph kann uns seine Heldentat auch in der Werkstatt erzählen", verkündete drinnen gerade der schöne Rudi.

Tobbi kicherte. „Lassen wir sie ruhig erst an die Arbeit

gehen, um so ungestörter können wir einmarschieren."

Tini angelte nach dem Schlüssel und schloß vorsichtig auf. Als erster schob sich Pelle durch die Tür. Im Raum war es fast dunkel, nur ein schwacher Lichtschein fiel aus der Werkstatt herein. Pelle tastete sich an die angelehnte Schranktür und schielte durch den Spalt. Ein Teil der Gesichter dort drüben waren ihm bekannt. Hinter ihm versammelten sich Oliver, Tobbi, Tina, Tini und Frank. Es war schwer, ohne anzustoßen zwischen all den Kisten herumzuschleichen, und plötzlich passierte es: Tina, die auf Zehenspitzen ging, verlor das Gleichgewicht und stieß mit Tobbi zusammen. Der wiederum berührte die Schranktür und ein Stapel Illustrierte rauschte zu Boden. Pelle wollte seinen Kopf zurückziehen, aber zu spät. Ralph und Leo sahen sein Gesicht gerade noch hinter der Tür verschwinden.

Was nun geschah, ging so schnell, daß keiner es recht begriff.

„Alarm!" brüllte Ralph und stürzte vor.

Wachtmeister Pelle, der dicht hinter dem Eingang zur Werkstatt stand, bekam die Schranktür an den Kopf, daß ihm für einen Augenblick schwarz vor Augen wurde. Blitzschnell wurden auf der anderen Seite Barrikaden errichtet.

„Frank, lauf los und ruf das Polizeirevier an, sie sollen Hilfe schicken!" stöhnte Pelle und rieb sich die Nase. „Los, helft mir!"

Mit aller Kraft stemmte er sich gegen die Schranktür. Die Tigerbande mußte den Ernstfall genau geprobt haben, jedenfalls ließ sich die Tür keinen Zentimeter mehr bewegen.

„Sie haben von der anderen Seite einen Balken davorgelegt. Wir müssen versuchen, mit Gewalt durchzukommen. Nehmt jeder eine Kiste und werft euch damit gegen die Schranktür. Das Holz ist nicht sehr dick, vielleicht schaffen wir es", befahl Pelle. „Fertig? Mit Anlauf! Los!"

„Mit Anlauf! Los!" befahl Pelle, und gemeinsam warfen sie sich mit den Kisten gegen die Schranktür

Zu dritt warfen sie sich gegen den Eingang zur Werkstatt, das Holz in der Tür splitterte und krachte, schon klaffte ein gewaltiges Loch in der Schranktür. In der Werkstatt war es dunkel, die Jungen der Tigerbande hatten das Licht gelöscht.

„Gebt auf, Jungens, ihr habt keine Chance, ihr sitzt sowieso in der Falle!" rief Pelle ins Dunkel hinein.

Tina und Tini hatten sich soweit gefaßt, daß ihnen einfiel, die Taschenlampe zu benutzen.

„Noch mal!" rief Pelle Oliver und Tobbi zu.

Wieder rannten sie mit ihren Kisten gegen die Schranktür an. Mit ohrenbetäubendem Krach gab sie nach und Pelle, Oliver und Tobbi stürzten übereinander in den finsteren Raum. Tina und Tini beleuchteten das Durcheinander. Pelle war mit den Händen in einen Topf blauer Farbe geraten, Tobbi schmückte ein Reifen, der ihm schräg um Hals und Schulter hing und Oliver saß auf einem Berg von Schrauben, die er im Fallen vom Regal gerissen hatte. Und am anderen Ende des Raumes verließen gerade die letzten Bandenmitglieder durch eine Röhre ihr Versteck.

„Verdammt!" fluchte Wachtmeister Pelle und zog mit farbtriefenden Händen die zwei letzten Übeltäter in den Raum zurück.

„Los, versucht rauszukriegen, wo der Geheimgang ans Licht führt!" rief Tobbi den beiden Mädchen zu. „Er kann nicht lang sein."

„Ich komme mit!" Oliver rappelte sich stöhnend auf. Stolpernd folgte er den beiden Mädchen, die in der Eile mit beiden Taschenlampen nach draußen rannten und Pelle mit seinen Gefangenen im Dunkel zurückließen.

„Licht!" brüllte Pelle. „In meiner Hosentasche!"

Tobbi fragte sich, wie Pelle Licht aus seiner Hosentasche zaubern wollte, griff aber gehorsam hinein und förderte eine Schachtel Streichhölzer zutage.

„Die Lampe auf dem Tisch!“ keuchte Pelle und hielt mit eisernem Griff die zappelnden Jungen fest.

Die Petroleumlampe flammte auf und die beiden Jungen beschlossen, den Kampf aufzugeben. Nachdem Wachtmeister Pelle ihnen so genau ins Gesicht geschaut hatte, war sowieso jedes Leugnen zwecklos. Tobbi hatte inzwischen weitere Lampen angezündet, und Wachtmeister Pelle hatte nun Zeit und Gelegenheit, bis seine Verstärkung eintraf, die Werkstatt genau unter die Lupe zu nehmen.

„Donnerwetter!“ sagte er immer wieder. „Wer hätte so was für möglich gehalten! Donnerwetter!“

„Tina und Tini hetzten inzwischen den Hang hinauf und leuchteten jeden Busch, jedes Gestrüpp nach dem geheimen Ausgang ab.

Von fern näherten sich die Sirenen des Einsatzwagens. Frank war zum Parkausgang gelaufen, um die Männer zur Höhle zu leiten. Oliver, der hinter den Mädchen herkletterte, hörte seine aufgeregte Stimme und starrte in die Richtung, aus der die Polizisten kommen mußten. Dabei sah er, daß am Fuße des Hanges, hinter einer der Säulen, sich etwas bewegte.

Dicht an der Mauer entlang krochen die fliehenden Mitglieder der Tigerbande! Oliver wäre vor Aufregung um ein Haar die Mauer hinuntergestürzt.

„Hierher!“ schrie er. „Unter der Mauer! Sie fliehen!“ Auf dem Hosenboden rutschte er den Weg zurück, Tina und Tini folgten ihm auf die gleiche Art.

Von unten stürmten die Polizisten über die Blumenanlagen heran. Wie ein Keil schoben sie sich in die Kette der flüchtenden Bandenmitglieder. Die ersten drei duckten sich hinter einem Baum und ließen die Polizisten an sich vorbeirennen. Oliver sah es von weitem. Die anderen drehten auf dem Absatz um und rannten nun über die Wiese zum Schloß hinüber.

„Umzingeln!“ brüllte ein Polizist.

Im Nu bildete sich ein Ring um die flüchtende Gruppe, die weiter vorwärts stürzte.

„Da kommen sie nicht weit“, keuchte Frank, der auf Tina und Tini stieß. „Dort ist der Schloßgraben. Das seh ich mir an!“

„Hierher!“ rief Oliver und rannte zu der Stelle hinüber, an der die drei ersten aus der Reihe der Fliehenden sich versteckt hatten.

Tina und Tini sahen unschlüssig zu ihm hinüber, beschlossen dann aber, Frank und den Polizisten zu folgen. Vor ihnen klatschten die ersten Jungen ins Wasser. Sie hatten gehofft, den Schloßgraben durchschwimmen zu können, aber ihre Rechnung ging nicht auf. Im meterdicken Morast war es unmöglich, eine Schwimmbewegung zu machen. Und so zappelten sie bald wie aufs Trockene geratene Karpfen und zeterten um Hilfe. Die Polizisten brauchten nichts weiter zu tun, als einen nach dem anderen mit langen Stangen aus dem Schlamm zu fischen. Tina und Tini folgten ihrem Beispiel und angelten im fahlen Licht der Taschenlampe unter der Schloßbrücke nach Pelles kostbarem Spezialsitz.

Oliver war bis dicht an das Gebüsch herangekommen, hinter dem drei der Jungen sich versteckt hatten. Plötzlich flammte der Lichtstrahl einer Taschenlampe auf und traf ihn direkt in die Augen, Oliver taumelte geblendet weiter – vor ihm rannten die Jungen davon.

Da vorn stand der Einsatzwagen der Polizei. Oliver winkte heftig.

„Verfolgen!“ brüllte er.

Aber leider war der Wagen unbesetzt. Sämtliche Polizisten befanden sich im Park.

„Mist!“ knurrte Oliver. Es war unmöglich, die drei Jungen noch einzuholen. Im Licht der Straßenlaternen erkannte er die schwarze Lockenmähne des schönen Rudi.

Wachtmeister Pelle wurde allmählich ungeduldig. Hier stand er mit seinen beiden Gefangenen und niemand hielt es für nötig, ihn abzulösen. Die zähflüssig-klebrige blaue Masse an seinen Händen bereitete ihm Unbehagen, außerdem war es stickig heiß hier drinnen, die Uniform klebte ihm am Körper und die von dem Zusammenprall mit der Schranktür angeschwollene Nase erschwerte ihm das Atmen.

„Sieh doch mal nach, was da draußen los ist", knurrte er. „Warum kommt denn niemand?"

Tobbi hatte nur auf diesen Augenblick gewartet. Aus purer Höflichkeit hatte er bei Pelle ausgeharrt und innerlich geflucht, daß er nicht bei der Jagd auf die Bande dabei war. Er rannte hinaus und lief zur Treppe hinüber. Von dort aus konnte er die stürmische Szene am Schloßgraben genau verfolgen.

„Sieht so aus, als hätten sie alle gefangen!" rief er durch die Tür. „Kommen Sie, Wachtmeister Pelle! Sie haben sie in den Schloßgraben gejagt!"

„Na, dann kommt, ihr Plüschtiger", grunzte Pelle und schob seine beiden Gefangenen vor sich her. „Ab die Post – auf die Wache. Schließ hinter mir ab und nimm den Schlüssel mit, Tobbi. Ich schicke nachher einen Beamten rauf zur Bestandsaufnahme. Ach, da fällt mir was ein! Moment mal – rührt euch ja nicht von der Stelle!" fuhr er die beiden Jungen an.

Pelle kehrte noch einmal in die Werkstatt zurück und sah sich um. Wo war sein Spezialsitz? Er mußte doch irgendwo hier liegen? Aber so sehr er auch suchte, sein gutes Stück war nirgends zu finden.

„Los! Raus mit euch!" kommandierte er ärgerlich.

Unten am Schloßgraben war die Aktion mittlerweile erfolgreich zu Ende gegangen. Als Wachtmeister Pelle den Hauptweg hinunterkam, marschierten sie ihm entgegen: sieben schlammbedeckte junge Missetäter, eskortiert von Polizisten und gefolgt von Tina, Tini und Frank, die auf einer langen Stange wie eine Kriegstrophäe einen von morastigem Wasser triefenden Gegenstand mit sich trugen: Pelles Spezialsattel.

„Drei sind uns entkommen, Chef", meldete ein junger Polizist in strammer Haltung. Dann malte sich Entsetzen auf seinem Gesicht. „Mein Gott, Chef! Sind sie zusammengeschlagen worden? Sie sehen ja furchtbar aus!"

Pelle, der sich mit der farbbeschmierten Hand mehrmals den Schweiß von der Stirn gewischt und damit die blaue Farbe auch über das Gesicht verteilt hatte, winkte ärgerlich ab.

„Halb so wild, Kunze. Bringen wir die Bande erst mal auf die Wache. Die drei anderen finden wir auch noch."

„Dürfen wir mitkommen?" fragte Tina bittend.

„Ihr müßt sogar mitkommen. Ich brauche euch als Zeugen."

Inzwischen war auch Oliver zu der Gruppe gestoßen.

„Ich habe sie noch eine Weile verfolgt, Onkel Pelle", berichtete er. „Aber sie waren zu schnell. Der eine, der mit der schwarzen Lockenmähne, könnte der schöne Rudi gewesen sein."

„Der schöne Rudi, sagst du?" fragte Pelle stirnrunzelnd.

„Ja", bestätigte Tina. „Er ist der Anführer der Bande. Wir haben ihn im Schwimmbad gesehen. Er ist ungefähr siebzehn oder achtzehn und geht noch zur Schule. In Wirklichkeit heißt er Rudolf – den Nachnamen hat er mir leider nicht gesagt. Nur, daß sein Vater so geizig wäre, obgleich er eigentlich stinkreich sei."

„Hm, ich glaube, dann weiß ich, um wen es sich handelt. Du hast dich auch mit ihm unterhalten?" fragte er Tini, die eifrig nickte. „Mein Gott, was hast du denn da auf der Stange?"

„Ihren Spezialsitz. Wir haben ihn aus dem Schloßgraben gefischt."

„Wer war das?" fauchte Pelle.

Leo hatte Pech. Sein Gesicht war bei dem unfreiwilligen Bad noch sauber geblieben – im Gegensatz zu den Gesichtern der anderen. Und so entging es Pelle nicht, daß er puterrot wurde.

Klatsch! machte es und auf Leos Gesicht zeigte sich der Abdruck von fünf leuchtendblau gefärbten Fingern.

„Die Folgen dieser Ohrfeige nehme ich mit Vergnügen auf mich", sagte Pelle tiefbefriedigt. „Tina, Tini, kommt, ich brauche euch jetzt!"

Sie bestiegen den Einsatzwagen, und mit Blaulicht ging es durch die Stadt.

„Schalten Sie das Licht und die Sirene aus, Kunze!" befahl Pelle, als sie aus der Stadt herauskamen. „Da drüben!"

Vor dem Laden der Gebrüder Ignaz hielten sie. Pelle forderte Tina und Tini auf, auszusteigen und ihm zu folgen. Er bog in eine Nebenstraße ein und hielt vor dem Tor einer Neubauvilla an.

„Das Haus haben die geschäftstüchtigen Söhne dem Vater geschenkt, als Dank dafür, daß er ihnen den Laden mitsamt der neuen Filiale überschrieben hat", erklärte er.

Pelle drückte auf die Klingel. Nach einer Weile erschien der Kopf von Frau Ignaz im Fenster.

„Wer ist da?" rief sie und blinzelte ins Dunkel.

„Wachtmeister Pelle. Darf ich reinkommen?"

Mit einem Summton öffnete sich das Tor. Frau Ignaz kam den Besuchern entgegen.

„Mein Gott, Wachtmeister, es ist doch meinem Mann nichts passiert?"

„Ist er nicht da?"

„Nein, nein, er hat seinen Vereinsabend."

„Schon gut, ich möchte Ihren Sohn sprechen. Ihren jüngsten Sohn."

„Rudi? Aber der schläft schon lange. Er hatte Kopfschmerzen und hat sich ganz früh zu Bett gelegt."

8 7858-8

„Kopfschmerzen?" Tina kicherte.

„Was hat das alles zu bedeuten?" fragte Frau Ignaz ängstlich.

„Würden Sie mir bitte jetzt Rudis Zimmer zeigen", sagte Pelle förmlich.

„Bitte sehr, die letzte Tür im Flur rechts", stammelte Frau Ignaz verwirrt.

Pelle schritt auf die Tür zu und klopfte kurz. Tina und Tini standen dicht hinter ihm, Frau Ignaz beobachtete die Szene von weitem.

Da keine Antwort erfolgte, stieß Pelle die Tür auf und tastete nach dem Lichtschalter. Das Licht flammte auf und beleuchtete den fest schlafenden Rudi. Sein Kopf war halb unter der Bettdecke verschwunden, nur ein schwarzer Haarschopf war zu sehen.

„Dir war schlecht, das kannst du deiner Großmutter erzählen. Los, komm mit!" befahl Pelle dem verdutzten Rudi

„Aufstehen!“ knurrte Pelle.

Rudi blinzelte verschlafen, er hatte das unschuldige Gesicht eines neugeborenen Babys.

„Hast du nicht verstanden? Aufstehen, habe ich gesagt!“

„Hä? Was ’n los?“ muffelte Rudi ohne sich zu rühren.

Da verlor Pelle die Geduld. Er riß Rudi die Bettdecke herunter.

„Na sieh mal, genau, wie ich vermutet habe! Vollkommen angezogen – sogar die Schuhe hat er noch an den Füßen. Müssen aber schlimme Kopfschmerzen gewesen sein.“

„Waren es auch, mir war so schlecht, daß ich ...“

„Das kannst du deiner Großmutter erzählen. Los, komm mit! Ist er das?“ fragte Pelle die beiden Mädchen.

Tina und Tini nickten stumm.

„Der Anführer der Tigerbande. Der bestorganisiertesten Diebesbande der Stadt!“

„Aber ich habe mit der Sache nichts zu tun!“ protestierte Rudi.

„Keine Sorge, wir wissen genug. Und den Rest wirst du uns auf der Wache erzählen.“

Ein Klub wird gegründet

Rudi und seine Bande gestanden alles. Leute von der Zeitung erschienen bei Oliver und seinen Feriengästen und ließen sich die Geschichte ihrer Jagd nach der Tigerbande wieder und wieder erzählen. Dann machten sie Fotos von den Helden und von der Höhle mit der versteckten Werkstatt.

Am nächsten Tag stand ein ausführlicher Artikel in der Zeitung. Olivers Vater saß zwischen Mäuse- und Meerschweinchenkäfigen beim Frühstück, das heißt er blancierte ein Tablett mit einer Suppentasse voller Milchkaffee und einer Buttersemmel auf den Knien und steckte mal dem einen, mal dem anderen seiner Lieblinge einen Brocken zu. Zwischendurch überflog er die Zeitung.

„Fahrraddiebe endlich gefaßt! Jugendliche Detektive schafften, was der Polizei nicht gelang!“ stand da in dicken Lettern. Das interessierte ihn nicht sonderlich. Er wollte gerade umblättern, als sein Blick auf ein Foto mit vier ihm bekannten Gesichtern fiel. Tina, Tini, Tobbi und Oliver lachten ihn aus dem Bild an. Dahinter stand Frank, Olivers Freund.

Jetzt las Olivers Vater den Artikel doch. Und als er damit fertig war, sprang er so heftig auf, daß das Tablett klirrend zu Boden fiel und die Mäuse sich erschreckt in ihre Nester flüchteten.

Wie war es möglich, daß sein Sohn Oliver, seine Nichte und sein Neffe und dann diese Tini, ihre Freundin, tagelang hinter einer Diebesbande hergejagt waren, und er hatte nichts davon gemerkt! Noch nicht einmal, daß Olivers neues Rad gestohlen worden war! Das war doch einfach unmöglich! Er als Vater! Nein, so ging es wirklich nicht weiter. Er klemmte die Zeitung unter den Arm und stürmte die Treppe hinauf.

Tina, Tini, Tobbi und Oliver saßen mit Gustchen beim Frühstück.

„Vater!“ rief Oliver überrascht aus. „Du willst doch nicht mit uns zusammen frühstücken?“

„Warum nicht? Man muß seine Gewohnheiten doch mal ändern, nicht wahr? Auch ein alter Mann kommt manchmal noch zu entscheidenden Einsichten.“

„Du bist doch kein alter Mann!“ sagte Tina empört. „Wie geht es übrigens Olivia und den anderen beiden Müttern? Darf ich sie nicht mal füttern?“

„Gern. Gleich nachher, wenn du willst. Übrigens“, langsam zog er die Zeitung hervor und breitete sie vor den Kindern aus,

„habt ihr schon gelesen? Ihr seid die Helden des Tages! Gratuliere! Das habt ihr großartig gemacht! Und wißt ihr was? Ich finde, das muß gefeiert werden! Wir werden ein Fest veranstalten. Wie wär's mit Ostermontag? Da hat Gustchen noch drei Tage Zeit zu kochen und zu backen. Überlegt mal, wen wir dazu einladen wollen."

„Ein Fest! Klasse, Paps! Das ist das erste Fest, das wir für mich feiern – für uns, meine ich natürlich", fügte er entschuldigend zu Tina und Tini gewandt hinzu. „Natürlich muß Pelle kommen – und Frank. Und wie wär's, wenn wir die Großeltern dazu herkommen ließen?"

„Lade ein, wen du willst, mir ist alles recht. Und jetzt reich mir mal den Schinken herüber, in eurer Gesellschaft bekomme ich direkt Appetit!"

Das Telefon klingelte und Gustchen lief hinaus. Nach einer Weile kehrte sie zurück und strahlte von einem Ohr zum anderen.

„Das war für dich, Oliver. Du kannst dein Fahrrad abholen. Auf dem Polizeirevier."

„Wirklich?" Oliver sprang auf. „Wo haben sie es gefunden?"

„Schaufenster der Gebrüder Ignaz. Da stand es als ‚fabrikneu und eben eingetroffen'!"

„Super! Die neuen Reifen bekomme ich gleich gratis mit – als Schmerzensgeld!"

Den ganzen Tag stand die Haustürglocke nicht mehr still. Da man in dem Zeitungsartikel auch Olivers Adresse mitgeteilt hatte, kamen die Gratulanten scharenweise. Vor allem waren es die von der Diebesbande Geschädigten, die es drängte, sich bei den jungen Detektiven persönlich zu bedanken.

Viele Jungen und Mädchen in ihrem Alter waren darunter. Das Wohnzimmer füllte sich, denn nachdem man einmal so schön ins Gespräch gekommen war – und es Oliver und seinen Gästen offensichtlich Freude bereitete, die Geschichte immer wieder zu erzählen –, wollte man sich nicht so schnell wieder trennen.

Und plötzlich hatte Oliver eine Idee.

„Wie wäre es, wenn wir einen Fahrradklub gründeten?" fragte er. „Auf unserem Grundstück gibt es ein geräumiges Gartenhaus, das nie benutzt wird. Das könnten wir fürs erste als Klubhaus nehmen. Wir könnten Wettbewerbe organisieren, Klubabende und Feste veranstalten, Fahrrad-Wanderungen aufs Programm setzen – und nicht zuletzt uns wirksamer gegen Diebstähle schützen. Denn wenn alle ihre Augen offenhalten, werden es Diebe nicht mehr so leicht haben."

Der Vorschlag wurde mit allgemeinem Jubel begrüßt. Und sofort begann man, den Plan zu verwirklichen. Die ganze Schar zog zum Gartenhaus und begann, den mit altem Gerümpel vollgestellten Raum zu säubern und neu einzurichten.

„Wenn wir alle zusammenarbeiten, kann das Häuschen bis zum Ostermontag fertig sein. Dann wird unser Fest gleich eine Einweihungs-Party für den Klub!" meinte Oliver. „Und Tina, Tini und Tobbi werden zu Ehrenmitgliedern ernannt!"

Gegen Mittag steckte Pelle den Kopf zur Tür herein und erkundigte sich erstaunt, was denn hier eigentlich los sei.

„Oh, ich beantrage sofort die Mitgliedschaft!" rief er, als Tina ihm von der Gründung des Klubs erzählt hatte. „Übrigens habe ich ein paar Neuigkeiten für euch", erzählte er. „Wir haben den Laden der Gebrüder Ignaz mal ein wenig genauer unter die Lupe genommen. Tatsächlich hat die Tigerbande einzig im Auftrag von Fritz und Karl Ignaz gehandelt. Sie teilten den Jungen mit, wohin gerade ein neues Fahrrad verkauft worden war und ließen es sozusagen zurückstehlen. Kein Mensch kam auf die Idee, unter den fabrikneuen Modellen im Schaufenster nach den gestohlenen Rädern zu suchen."

„Nicht zu fassen!“ sagte Tini. „Aber sie haben doch auch andere Räder gestohlen? Wie das von Frank zum Beispiel?“

„Ja – die brauchten sie, um sie in Einzelteile zu zerlegen und daraus neue ‚Gebrauchtmodelle‘ zusammenzubasteln. Meist wanderten sie in den Laden des alten Ignaz, der von der ganzen Sache nichts wußte. Sie waren so besessen von der Idee, in kurzer Zeit reich zu werden, daß die Diebstähle immer größere Ausmaße annahmen. Das Ganze war bis ins Letzte durchorganisiert.“

„Hm – das hätte wohl noch ewig so weitergehen können“, meinte Tini, „wenn nicht Rudi und seine Freunde so eitel gewesen wären und begonnen hätten, ihr Geheimzeichen am Ort der Tat zu hinterlassen.“

„Ganz richtig“, sagte Pelle. „Die Eitelkeit hat sie zu Fall gebracht. Sie waren sich ihrer Sache so sicher, daß sie glaubten, ihnen könne nichts passieren. Sie hielten uns für dumm – aber sie haben sich getäuscht.“

Tina wollte etwas erwidern, verkniff es sich aber im letzten Moment. Wäre die Polizei der Tigerbande schon auf die Schliche gekommen, wenn nicht sie und Tini das Tigerauge und seine Bedeutung entdeckt hätten? Aber sie wollte nicht unhöflich sein. Schließlich kannte sie Pelles Kummer: zu wenig Polizisten und zuviel Arbeit.

Vier Tage später war es soweit. Das große Einweihungsfest des neugegründeten Fahrradklubs konnte beginnen.

Das alte Gartenhaus erstrahlte in neuem Glanz. Die Wände waren in leuchtendem Gelb gestrichen, darauf hatte Frank, der ein Genie im Zeichnen war, eine Reihe fröhlicher Karikaturen gezeichnet zum Thema „Was einem Radfahrer so alles passieren kann“. Die alten Gartenmöbel hatten ebenfalls einen frischen Anstrich erhalten, die fehlenden Sitzgelegenheiten ersetzten buntbezogene Kisten. Tina und Tini hatten das neue Klubhaus mit Girlanden und Lampions geschmückt und an der

Rückwand zwei lange Bretter mit weißen Tischtüchern bedeckt. Dort war Platz für Gustchens Schüsseln und Platten.

Olivers Vater hatte sich eine bunte Kochschürze umgebunden und eine große Kochmütze aufgestülpt. Er wollte es sich nicht nehmen lassen, seine Gäste heute selbst zu bedienen. Er hatte eine Maibowle gezaubert, obwohl es doch erst April war – aber da die Bowle hauptsächlich aus frischen Erdbeeren bestand, brauchte man es mit dem Namen wohl nicht so genau zu nehmen.

Tobbi spielte den Kapellmeister, er hatte einen Plattenspieler installiert und sorgte für die musikalische Untermalung.

Gustchen war glücklich.

Seit drei Tagen hatte sie ununterbrochen gekocht, gebraten und gebacken. Endlich konnte sie einmal die ganze Fülle ihrer Kunstfertigkeit vor einem dankbaren Publikum ausbreiten. Und das Publikum war dankbar! Von Pelle angefangen, der sich einen Platz gleich neben dem überreich gedeckten Buffet gesichert hatte – auf der Seite, auf der die Kuchen und Süßspeisen standen.

Olivers Vater hielt eine Rede und ließ die erfolgreichen Detektive hochleben. Und Oliver selbst hielt ebenfalls eine Rede, in der er den Klub für eröffnet erklärte und verkündete, ein edler Spender – sein Vater – habe dem Klub das Anfangskapital für eine eigene Reparaturwerkstatt im Keller seines Hauses zur Verfügung gestellt. Die Werkstatt könne von allen Mitgliedern kostenlos benutzt werden.

Donnernder Applaus dankte dem Spender.

Da erhob sich Pelle und meldete sich zu Wort. „Da wir gerade von Spenden reden!“ rief er. „Auch meine Kollegen von der Polizei und ich möchten da nicht zurückstehen! Zum Dank für die wertvolle Hilfe bei der Ergreifung der Tigerbande übernehmen wir die Kosten für die erste Radwanderung des Klubs – eine Drei-Tage-Tour zu den schönsten Punkten unseres Landes. Wenn ihr wollt, kann die Tour gleich in den kommenden Tagen stattfinden, damit unsere Ehrenmitglieder Tina, Tini und Tobbi auch daran teilnehmen können."

„Hurra! Ein Hoch auf die Polizei!" schrie alles durcheinander.

Olivers Vater prostete Tina, Tini und Tobbi zu.

„Nun – habt ihr euch bei uns sehr gelangweilt?" fragte er. „Ich hoffe, ihr habt Lust, noch öfter zu uns zu kommen?"

„Und ob!" sagten Tina und Tini wie aus einem Munde.

Deutsche Bearbeitung: Franz Schneider Verlag
Deckelbild und Illustration: Nikolaus Moras
Bestellnummer: 7858

ISBN 3 505 07858 1
Ein weiterer Band ist in Vorbereitung

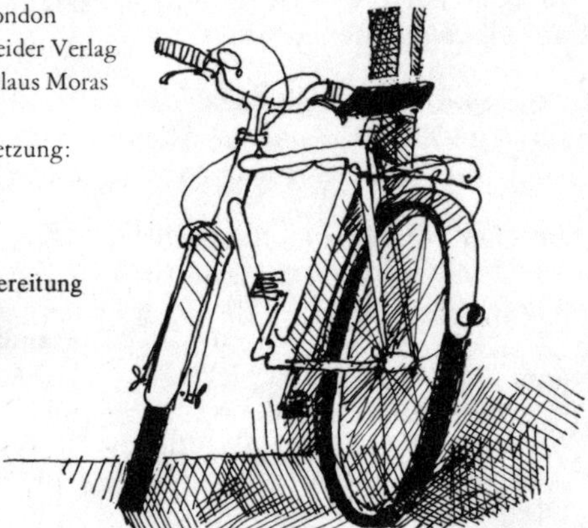

Spannende Schneider-Bücher der Autorin:

Hanni und Nanni sind immer dagegen – Die Zwillinge hecken nur lustige Streiche aus

Hanni und Nanni schmieden neue Pläne – Die Zwillinge lösen ein Geheimnis

Hanni und Nanni in neuen Abenteuern – Die Zwillinge meistern eine lustige Situation

Kein Spaß ohne Hanni und Nanni – Die Zwillinge organisieren eine Mitternachtsparty

Lustige Streiche mit Hanni und Nanni – Die Zwillinge und ihr glanzvolles Mondscheinfest

Fröhliche Tage für Hanni und Nanni – Die Zwillinge spielen Mamsell einen Streich

Hanni und Nanni gründen einen Klub – Die Zwillinge und der „Klub der Spatzen" erregen Aufsehen

Hanni und Nanni im Landschulheim – Die Zwillinge und die Bewohner der Pferdeburg

Hanni und Nanni geben nicht auf – Die Zwillinge fürchten die Neuen

Hanni und Nanni im Geisterschloß – Die Zwillinge erleben eine Spuknacht

Hanni und Nanni suchen Gespenster – Die Zwillinge lassen Gespenster lebendig werden

Hanni und Nanni und ihre Gäste – Die Zwillinge helfen in der Fuchsenmühle

Hanni und Nanni in tausend Nöten – Die Zwillinge beschützen eine Freundin

Hanni und Nanni groß in Form – Die Zwillinge plaudern aus der Schule

Hanni und Nanni geben ein Fest – Die Zwillinge laden zum Partyschmaus ein

Hanni und Nanni Sammelband I – Umfaßt 3 Bände voller lustiger Streiche

Hanni und Nanni Sammelband II – Umfaßt 3 Bände voller Abenteuer

Hanni und Nanni Sammelband III – Umfaßt 3 Bände mit Spuk und Spaß

Hanni und Nanni Sammelband IV – Umfaßt 3 Bände aufregender Erlebnisse

Hanni und Nanni Sammelband V – Umfaßt 3 Bände spannender Ereignisse

Dolly sucht eine Freundin – Ein Hitzkopf hat es schwer, sich in ein Internat einzufügen

Wirbel in Klasse 2 – Unsere Burg ist die beste Schule der Welt

Ein Pferd im Internat – Ein Mädchen kann sich nicht von ihrem Pferd trennen

Klassensprecherin Dolly – Dolly hat es nicht leicht, sich zu behaupten

Dollys großer Tag – Viel Streit um ein Theaterstück

Abschied von der Burg – Mit viel Trubel wird das letzte Schuljahr beendet

Dolly hat Heimweh nach der Burg – Hurra, wieder auf Möwenfels!

Eine aufregende Mitternachtsparty Dolly fällt immer etwas ein

Die Burg erlebt ihr größtes Fest – Wir werden Möwenfels nie vergessen!

Dolly Sammelband I – Die lustigsten Schul-Abenteuer auf der Burg, 3 Bände

Dolly Sammelband II – Die abenteuerlichsten Schulstreiche auf der Burg, 3 Bände

Dolly Sammelband III – Die aufregendsten Erlebnisse auf der Burg, 3 Bände

Tina und Tini finden den geheimnisvollen Schatz – Aufregende Ferien voller Geheimnisse

Tina und Tini stehen vor neuen Rätseln – Wer ist der neugierige Fremde?

Tina und Tini überlisten den Meisterdieb – Eine Schiffsreise mit vielen Überraschungen

Tina und Tini und das Geheimnis des schwarzen Hundes – Auf den Spuren einer Inselbande

Tina und Tini – Die geheimnisvolle Rumpelkammer
Als Detektive auf einer heißen Spur

Tina und Tini – Das Geheimnis des Gärtners – Was verbirgt sich in den alten Gemäuern?

Tina und Tini entlarven die Tigerbande – Geheimnisvolle Zeichen führen zum Täter

Tina und Tini – Das Rätsel der Marzipantorte – Auf der Suche nach dem versteckten Spion

Tina und Tini Sammelband 1 – Die spannendsten Abenteuer von Tina und Tini und ihren Freunden

Geschichten zum Staunen und Lachen – (Schreibschrift), ein lustiges Mal- und Lesebuch für die Kleinsten

Tobi, unser frecher Dackel – (Schreibschrift), Lustige Geschichten für Leseanfänger

Märchen in Schreibschrift – Fröhliche kleine Leute

In unserer Schule ist was los – Spaß und Aufregungen im Internat

Unser liebes Pony – Pony „Schneeflocke“ kann sogar die Zeitung holen

TASCHENBUCH-TITEL

Sechs Kinder raufen sich zusammen – Aufregende Ferien voller Überraschungen

Sechs Kinder suchen einen Dieb – Die Langfeld-Kinder kommen einem geheimnisvollen Safeknacker auf die Spur

Sechs Kinder kommen auf den Hund – Die Langfeld-Kinder stellen ihre Schule auf den Kopf

★

Happy Adventures with Hanni and Nanni I – Englische Ausgabe mit Vokabeln

Funny Adventures with Hanni and Nanni II – Englische Ausgabe mit Vokabeln

Das Geheimnis der Klippenburg – Eine abenteuerliche Verfolgungsjagd auf eine Diebesbande

Dolly sucht eine Freundin – Ein Hitzkopf hat es schwer, sich in einem Internat einzuleben

Hanni und Nanni sind immer dagegen – Die Zwillinge hecken aus Übermut nur lustige Streiche aus

Die Hoppers packt das Reisefieber – Das abenteuerliche Leben einer Wohnwagen-Familie

Die Hoppers stürmen den Erlenhof – Aufregende Erlebnisse auf einem alten Bauernhof mit 66 Tieren

Dolly in Englisch I – Lustige Streiche auf der Burg – in Englisch mit Vokabelteil

Dolly in Englisch II – Lustige Streiche auf der Burg – in Englisch mit Vokabelteil

Die berühmten 5 in der Geisterstadt – Eine alte Legende bringt die Fünf auf die Spur der goldenen Königin

Die berühmten 5 als Schatzsucher – Die Fünf wollen den heimtückischen Plan von drei Banditen durchkreuzen

Die berühmten 5 und die Perlenschmuggler – Ein antiker Sekretär birgt ein gefährliches Geheimnis

5 Freunde auf neuen Abenteuern – Wohin führt der unterirdische Geheimgang?

Der Pfarrer versucht den jungen ledigen Gärtner unter die Haube zu bringen. „Sie sollten sich ein Vorbild an Adam nehmen, der war doch der erste Gärtner und hatte auch eine Frau.“
„Stimmt!“ sagte der Gärtner. „Und ihretwegen hat er seine schöne Stellung im Paradies verloren!“

Die kleine Tochter der Filmdiva wird gefragt, wie ihr der neue Papa gefalle. „Geht“, sagt sie, „aber wir hatten schon bessere!“

„Waren Sie krank, Frau Möller? Ich habe Sie so lange nicht mehr gesehen?“
Frau Möller: „Ich rutschte auf einer Bananenschale aus und habe drei Wochen gelegen.“
„Ach, und da hat Sie niemand aufgehoben?“

„Ich habe Briefträger gespielt, Mami, und den ganzen Wohnblock mit Post versorgt“, erzählt die kleine Suse voller Stolz.
„Fein“, sagt die Mutter, „aber wo hast du denn die vielen Briefe dafür hergenommen?“
„Aus deinem Nachttisch, Mutti, da waren zwei Päckchen drin mit rosa Schleifen!“

Kundin im Laden! „Haben Sie runde Suppenwürfel? Mein Mann kriegt die eckigen Dinger immer so schlecht runter!“

„Mein dreijähriger Sohn hat das Manuskript meines ersten Romans zerrissen!“
„Donnerwetter, kann er denn schon lesen?“

Sabine will am Abend auf ihren ersten großen Ball gehen und wartet mit ihrer Mutter auf ihren Tanzpartner, der sie abholen soll. „Weißt du auch bestimmt, daß er gut und sicher fährt?“ erkundigt sich die Mutter besorgt.
„Aber natürlich, Mutti“, beruhigt Sabine sie. „Er muß ja. Noch eine Anzeige, und der Führerschein wird ihm entzogen!“

Klein Eva war wieder einmal gar nicht brav gewesen, und Mutti las ihr vor dem Schlafengehen tüchtig die Leviten. Als Evchen im Bett lag und ihr Abendgebet gesprochen hatte, fügte sie hinzu: „Und, lieber Gott, wenn du mich schon nicht bessern willst, dann mach doch wenigstens, daß Mutti nicht immer so nervös ist!“

„Bobby, du hast aber eine fesche Jacke an.“
„Nicht wahr? Schick geschnitten – und die Farbe erst: Fliederfarben ist die neue Modefarbe aus Paris.“
„Aber Bobby, die Jacke ist doch schneeweiß.“
„Na und? Hast du noch nie etwas von weißem Flieder gehört?“

Ein Konditorlehrling sollte auf eine Geburtstagstorte „Herzlichen Glückwunsch“ schreiben. „Wie lange dauert das denn noch?“ ruft der Meister.
„Moment noch, gleich hab ich das Ding in der Schreibmaschine!“

Das junge Ehepaar hat sich ernsthaft zerstritten und verkehrt nur noch schriftlich miteinander. Eines Abends nun legt er ihr einen Zettel hin: „Morgen sieben Uhr wecken!“ Am nächsten Morgen wacht er entsetzt auf – es ist schon zehn Uhr – und findet einen Zettel: „Es ist sieben Uhr. Aufstehen!“

„Ist es nicht etwas voreilig“, meint die junge Dame zu dem jungen Mann, „wir kennen uns kaum, und schon machen Sie mir einen Heiratsantrag?“
„Oh, ich kenne Sie schon lange“, sagt der junge Mann, „ich bin bei der Bank und führe Ihr Konto!“

„Meine Tochter ist ins Ausland gefahren, um ihre Stimme ausbilden zu lassen.“
„Das finde ich aber sehr rücksichtsvoll!“